BBN
B●BOY NOVELS

アンブレラ

~堅物アルファと強がりオメガ~

幸崎ぱれす
イラスト／古藤嗣己

この物語はフィクションであり、実際の人物・
団体・事件等とは、一切関係ありません。

CONTENTS

アンブレラ

掛け持ちしていたアルバイトを二つ、一気にクビになった。客を椅子で殴打したのは、やりすぎだったかもしれない。

現在朝の五時。まだ薄暗い十一月の空が重く伸し掛かってくる。

殴られて腫れた頬を擦りながら、白崎音緒《しらさきねお》は珍しく自分が肩を落としていることに気付いた。

――落ち込んでる場合じゃねえ。とにかく新しい仕事を見つけないと。

上げ底のブーツを踏み鳴らして気を取り直すように頭を振ったら、くらりと立ち眩《くら》みがした。いつから布団で眠っていないのだろう。考えるのも億劫《おっくう》になり、近くの建物の外壁に寄りかかる。

音緒を揶揄《からか》うように、ぴゅうっと冷たい風が吹いた。五年以上着続けている毛玉だらけの一張羅《いっちょうら》の黒いコートの前を掻き合わせ、中に着ているハイネックの首元を顎《あご》まで引き上げる。

――そういえばこのビル、一体なんの建物なんだ？

夜間のアルバイト先であるバーに向かう途中、いつも近道として通り抜けていた駐車場がある白い建物。勝手に通っていいものか悩んだものの、直前まで入っている日勤のシフトがギリギリだったため毎日突っ切らせてもらっていた。

半年間、行きも帰りも駆け抜けていた施設がふと気になった。もうこの街で働くことはないだろうから、ここに来るのもきっと最後だ。今日はこのあとすぐに仮眠をとって昼の職場であるレストランに向かう必要もない。どちらもクビになったのだから。

施設の前に回るように、ゆっくりとした足取りで壁伝いに歩く。もし警備員に呼び止められたら、迷い込んでしまったことにして素直に帰ればいい。どうせエントランスはオートロックだろう。一度くらいきちんと外観を見て、この建物がなんだったのか分かれば十分だ。

――ついにアパートも追い出されることになっちまったし、こんなことしてる場合じゃねえんだけどな。

音緒の体質で、長続きする仕事を見つけるのは難しい。住まいまで失うとなると、さすがに絶望が胸を過《よぎ》る。空は早朝だというのに雲が厚く、それが余計に音緒の気を滅入《めい》らせた。

曇天《どんてん》を睨みながら歩いていたら、不意に昨夜自分を殴りつけたバーの常連客の顔を思い出してしまい小さく舌打ちをする。

あの男はアルファだった。

男女という性の他に、この世界に存在する第二の性。それがアルファ、ベータ、オメガの三つの性だ。

大手企業の重役というあの男は、学歴も地位も高い典型的なアルファだった。それだけならよかったのだが、彼は常にオメガを所有し支配したいという欲に塗《まみ》れているのか、異様に嗅覚《きゅうかく》が優れていた。煙草や香水など、店内は雑多な香りが漂っていたはずなのに、音緒の僅《わず》かなフェロモンの匂いを感知された。

ああいう輩《やから》はオメガを入手するためならば手段を選ばない。

手慣れた様子で口説き文句を並べ、金をちらつかせる。それでも手に入らなければ職場に押しかけ、住居に嫌がらせをし、徐々に居場所を奪って最終的に自分のもとへ落ちてくるように仕組むのだ。性根の腐った奴のやることは皆一緒だ。

苦々しい気分のまま足を進めるとエントランスの脇に出た。案の定、厳重なオートロックだ。入り口の横にはモニターが埋め込まれており、関係者向けの情報らしきものが一定の速度で流れている。

その内容から薬剤開発などをする施設だということはざっくりと理解できた。詳細は部外者の自分にはやはりよく分からない。なんだか難しそうな研究をしているんだな、と探検を切り上げて帰ろうとしたときに、『発情抑制剤』という文字が目にとまった。

「ヒート周期の安定と副作用の軽減……ね」

音緒は人口の僅か数パーセントしか存在しないオメガだ。

ヒート、つまり発情期があり、男女ともに妊娠可能。ひと昔前までは生殖と愛玩のための存在として社会から虐《しいた》げられ、法が改正されてからも古い価値観の人間にはオメガというだけで蔑《さげす》まれることも少なくない。

近年では社会に進出し自分の能力を発揮するオメガも増えてきたが、そういったオメガの大半は十分に教育を施された富裕層の出身だ。ネグレクトの母子家庭を経て十代のうちに天涯孤独の身になった音緒には縁のない話である。

ヒート周期の安定と副作用の軽減――本当にそんな薬が普及したら、どれほどいいだろう。

ハイネック越しに、項《うなじ》を守るオメガ用のチョーカーに触れる。オメガはアルファに項を噛まれたらお終《しま》いだ。強制的に番《つがい》にされ、死ぬまで支配《ちぎ》されることになる。考えただけで鳥肌が立った。

――あの野郎、殴った上に思いっきり引き千切《ちぎ》ろうとしやがって。

昨夜何度もチョーカーを引っ張られたせいで皮がむけた首筋に触れる。音緒はひりひりと痛む擦り傷に顔を顰《しか》めた。

「……まあ、運命だの差別だの、そんなもんに負ける俺じゃねえけどな」

気合を入れ直すように自分の頬を叩いたら昨夜アルファに殴りつけられたところに手が当たり、音緒は一人で「いってえな畜生！」と叫んだ。

一人芝居にばつが悪くなり、そろそろ帰って求人情報を調べようと思い踵《きびす》を返すと、ちょうど後ろに立っていた誰かにぶつかった。

「うぉっと、悪い。ちょっと迷い込んじまったみたいで」

警備員かと思い咄嗟《とっさ》にそう言った先にいたのは、白衣に身を包んだ二人の男だった。

手前の男は艶やかな黒髪を後ろに流した長身で、年齢はおそらく三十前後。アルファだ、と一目見て直感した。

身に着けているネクタイは見るからに高級そうで、白衣の下から仕立てのいいスラックスが伸びている。一見して育ちのよさが分かる佇まい。ただの研究員では到底手が届きそうにない上等な腕時計をしている。絶対に実家は金持ちだ。

余計なことまで考え始めた音緒に対し、男は細い鼻梁《びりょう》に乗った銀縁眼鏡の奥の切れ長の瞳を怪しむように眇《すが》めている。

「……室長、本当に間違いないのでしょうか。たしかにうっすらと香りはしますが」

淡々とした口調と低めの声は、瑕疵《かし》のない見た目と相まって知的で几帳面な印象だ。

美しい眉間を寄せながら彼が振り返ったのは、茶髪にピアスの軽薄そうな男。アルファの気配もなく、オメガ特有の華奢《きゃしゃ》さもない。最も標準的な性であるベータで間違いないだろう。垂れ目で女好きそうな顔立ちだが、年齢は三十代半ばといったところだろうか。音緒より一回り以上は年上のような気がする。

「絶対そうだって！　――ねえねえ君、可愛いね！　目も髪も色素薄いし、もしかしてオメガじゃない？　ちょっと中でお茶でも飲みながら話そうよ。ちなみに僕はキヨタケ、こっちがイッキ」

ナンパ師のごとく、茶髪の方が話しかけてきた。下心満載な台詞《せりふ》だが、なぜだか嫌な感じがまるでしない。黒髪の男は呆《あき》れたようにチャラ男に冷めた視線を送っている。

「は？　いや、俺は――うわ、なに勝手に肩抱いてんだ、っていうか力、強っ」

黒髪の男の憐れむような溜息を背中で聞きながら、音緒はずるずると引き摺られるようにして施設内に強制連行されていった。

＊＊＊

高城《たかじょう》樹《いつき》は銀色に光る眼鏡の縁に触れながら、自分の研究室と同じフロアにある休憩スペースの一角で温かい紅茶を淹《い》れていた。

――室長のマイペースにも困ったものだ。

小さく溜息を吐き、三人分の紅茶をトレーに乗せる。

現在、朝の五時半。樹は連日の激務でぼやける視界を瞬きで誤魔化《ごまか》しながら、ソファで待つ茶髪のチャラ男――もとい研究室の室長である久利清威《くりきよたけ》と、捕獲された青年のもとへ向かう。

――希少種であるオメガの被験者がこんなに早く見つかるとは。

たまたま息抜きのため外の空気を吸いに久利とともに向かったエントランスでオメガと思《おぼ》しき存在を発見できたのは、樹にとってこの上ない幸運だった。

この三年間死ぬ気で取り組んだ新薬の開発実験がようやく成功し、先日正式に臨床試験の許可が各機関から下りた。他の病気とは異なり、オメガ医療は開発から治験まで認可されるテンポが速い。被験者の協力を得てその効果を確実なものと証明できれば、オメガ医療にとって大きな躍進となる。

大学の先輩である久利は見た目や口調こそ軽薄なものの、実際は情に厚く努力家で芯の通った男だ。ベータでありながら三十四歳の若さで室長に伸し上がった彼は閃《ひらめ》きや観察力にも優れ、オメガ研究の先駆け的な存在として一部で認知され始めている。

そんな久利だからこそ、アルファやベータという性質関係なく樹も尊敬しているのだが――。

――室長は「オメガ発見!」などと言って飛び出していったけれど、彼は本当にオメガなのだろうか……。

ソファに掛ける二人に近付くにつれ、樹の眉間の皺《しわ》が増える。

ホストのようなトークをする久利は通常運転として、その隣に座る青年のこの態度の大きさは一体なんんだ。脚を組んでソファに深く腰掛け、身体の前で腕を組み「茶、まだ?」などと言っている。

出会ったときに感じた微量なフェロモンはたしかにオメガのものではあったが――オメガってもっとこう、健気《けなげ》で庇護欲を掻き立てる存在ではなかっただろうか。

いまいち納得のいかないまま樹が紅茶を差し出すと「わりぃな！」と言ってカップを受け取り、勢いよく口に含んだと思ったら「あちぃな！」と睨まれた。……なんだこの騒々しい生き物は。

「で？　あんたら俺に一体なんの用だよ」

ソファに背を預けた青年は、猫のような瞳で久利と樹を順番に見つめた。

真正面に座ってよくよく見ると、彼の瞳や髪は色素が薄く、綺麗な蜂蜜色だ。肌も白く、コートの厚みで誤魔化しているが体軀《たいく》も華奢だ。おそらくハイネックの下にはオメガ用のチョーカーが隠れているのだろう。服装と尊大な態度の方が目立っていたが、冷静に観察すればオメガの特徴が揃っている。

アルファである樹と違って久利はフェロモンを感じ取れないにもかかわらず、持ち前の観察力でそれをいち早く見破ったようだ。

「その前に改めて自己紹介だね。僕は久利清威。この研究センターで、オメガのための新薬開発をしています。ちなみに研究室長。趣味はドライブ。三十四歳独身。よろしくね」

不要な情報まで公開した久利はウインクしたあと、向かいのソファに腰掛けた樹を指す。

「で、彼が大学の後輩の高城樹、通称いっちゃん。優秀なアルファだけが適用されるアルファ飛び級制度で高校と大学を合計四年で卒業した超秀才。あの有名な高城総合病院の次男なんだけど、今はここで研究を手伝ってくれてる僕の右腕。めちゃくちゃ広いマンションを持ってて、そこに一人暮らし」

再び無駄な情報を付け足した久利を睨みつつ、樹は軽く会釈《えしゃく》した。

「あー、えーと……白崎音緒、二十一歳、独身、無職」

久利の紹介に則《のっと》らなければいけないと思ったのか、青年——音緒はものすごく嫌そうに言わなくてもいい情報まで口にした。律儀なのか天然なのか。久利がおかしそうに口元を緩めている。

「音緒くん、ね。無職ってことは、今稼ぎ口探してる感じ？　だったら僕たちに協力してくれると嬉しいな。謝礼も結構出せると思うよ」

久利が携帯の電卓アプリを開いて金額を提示しようとすると、音緒はキッと目尻を吊り上げた。

「俺にモルモットになれってか。ふざけんな。貧乏なオメガ見つけたらすぐに囲うか売るか実験するかって、馬鹿にするのも大概にしろ」

ローテーブルを蹴り上げて席を立とうとする音緒の腕を掴んだ久利が、勢いよく頭を下げた。

「ごめん、言い方がよくなかった。僕たちは決して、危険な実験にオメガを利用しようとしているわけじゃないよ。この新薬は人体への安全性はすでに保証されているんだ。ただ苦しんでいるオメガの人たちにこの薬を普及させるには、実際に被験者の協力を得て効果を実証する必要がある。だからそのための臨床試験に付き合ってほしい。そう言いたかった」

真剣な顔をした久利に、音緒は動きを止めた。樹も久利に続くように頭を下げる。

「室長の軽はずみな発言については訂正し謝罪する。だが今室長が言ったことは事実だ。既存のピルが効きにくい人、市販薬の副作用が出やすい人——希少種であるオメガの中でもさらにイレギュラーな反応が出てしまう少数の人たちの助けになりたくて、国から補助が出なくても採算が取りづらくても、俺たちはこの開発に多くの時間と労力を捧げてきた」

久利と自分の本気を伝えたくて深々と頭を下げたままでいると、ソファに再びどかっと腰を下ろす音が聞こえた。

「……そういう話なら、聞いてやらないこともない」

ぼそっと呟《つぶや》く声に二人して顔を上げると、音緒はソファの肘掛けを叩きながら「ほら、さっさと言え」と尊大な態度で聞く姿勢に入る。

「ええと、ありがとう、音緒くん。まず発情期の周期だけど、音緒くんは安定している方？　普通は月に一回、一週間くらい続くものだけど——」

メモ帳を取り出しながら、久利はインタビュアーさながらに音緒に向き合っている。この質問は重要だ。被験者が副作用のまったく出ない体質だったり、もともと周期や症状が極端に安定している場合、今回の新薬の対象者ではなくなってしまう。

「安定しているとは言えねえな。月に二回来ることもあるし。不定期だからバイトの休みも出しにくいし、結構つらい。薬局で抑制作用のある錠剤買ってるけど、あれ効かない上になんか心臓苦しくなるんだよな」

事も無げに言った音緒に、二人の研究員は腰を浮かせた。

「え、月に二回って、相当不順だよ？　そんな状態で病院に行かないなんて……！」

「え、いや、でも、病院のオメガ治療ってすげぇ高いじゃん。通院する金なんてねえよ」

「そういう問題ではないだろう。抑制剤で心臓が苦しくなるというのは立派な副作用だ。薬の負担に心臓が耐えられなくなって、血流に異常が起きている。そのまま服用を続けていたら、命に関わる可能性だって――」

臨床試験にうってつけの存在を見つけたということ以上に、抑制剤の危険をまったく理解していない様子の当事者に、樹と久利は軽いパニックを起こした。

特に副作用という言葉に敏感な樹は、気付けば音緒の肩を揺すって説得していた。突然熱弁を振るわれた音緒が、わけが分からないといった表情を浮かべている。

「音緒くん、その状態を放っておくのは危険だよ。やっぱりこの臨床試験に協力してくれないかな。君の体質はこの新薬の被験者としてドンピシャだし、なによりこの薬は短期間の投薬でも今後副作用が出にくくなるから、君の身体のためにもなる。投薬を始めて最初のヒートは体内の入れ替え期間だから少しつらいかもしれないけど、今日検査をして、二カ月間投薬して、最終日に再検査させてほしい」

懇願するような久利に、音緒は顎に手を当てて考え始めた。

＊＊＊

とりあえず「無料の健康診断だと思って検査だけでも」と言われ、音緒は一通りの血液検査と問診票の記入を終えた。再びソファに深く腰掛けた体勢で脚を組んで、ふぅ、と一息。

久利と樹のオメガ医療に対する真剣さは十分に伝わってきた。

樹はいかにもなエリート階級だが、採血をしながらその検査内容について淡々と語る姿はよくいる傲慢《ごうまん》なアルファとはかけ離れており、研究者を通り越して職人のようですらあった。もちろん口説いてなどこないし、それどころか常に微量に出ているであろう音緒のフェロモンにもまるで反応しない。

検査中に首元の擦り傷を見つけたときも、「チョーカーを引っ張られたんだよ」と言った音緒に不思議そうな顔をするだけだった。きっとそんな野蛮な行動に出る人間がいるなど想像もできないような環境で育ったのだろう。実家には血統書付きの毛足の長い犬がいて、休日は洋書を読んで過ごすタイプに違いない。

偏《かたよ》った想像で笑いそうになるのを堪《こら》えていたら、大真面目な顔で「傷はすぐに治療しないと化膿《かのう》する」などと言って腫れた頰と一緒に首も手際よく手当てされた。目の前にあるオメガの項にまったく興味を示さない。

――実験、協力してやってもいいかもな。

軽薄だが誠実な久利と、堅物ボンボンの樹が真剣に取り組んでいる新薬は、きっと自分のようなオメガを苦しみから救うに違いない。

もし協力可能な条件であれば手伝ってやらないこともない。ポジティブな感情で顔を上げたところに、二人が廊下をこちらに向かって歩いてくる。

「音緒くん、検査付き合ってくれてありがとう。それで、臨床試験の謝礼と条件なんだけど――」

隣に腰掛けた久利から手渡された書類に記載された金額は、投薬されるだけにしては十分すぎる額だった。これならアルバイト代に追加すれば新しい住居にも引っ越せる。そう思って書面を捲ると、必要条件が箇条書きで印字されている。

一日八時間の睡眠、一日三食の規則正しい食事、一日一回研究センターにて点滴による投薬、発情期が来たら一週間入院――。

「あ、悪い……。多分俺、無理だ」

普通なら可能であろう条件だが、今の音緒には難しかった。条件面で断られると思っていなかったのか、樹がこちらを見て眉を寄せた。

「いや、投薬だけでこの金額は魅力的だけどさ、なんもせず二カ月生活できるほどの額ではないだろ」

当然、アルバイトをすることになるだろう。中卒で職を転々としている音緒の経歴では、風俗にでも勤めない限り高額時給の仕事は望めない。アパートも追い出されることになったから新しい家も探さなければいけないし、掛け持ちは確定だ。

「そうするとまず一日八時間睡眠なんて取れないし、仕事の合間を縫って食えるときに食う感じになるから規則正しい食生活とも無縁。その上ヒートが来てもシフトによっては限界まで働くだろうし、一週間も悠長に入院とか無理」

不可能な要素を一つずつ指を折って数えるにつれ、二人の表情が曇っていく。

「しかも自宅で錠剤飲むだけならまだしも通院となると、こんな家賃高そうな街に住めないから移動に時間もかかる。毎日通ったらさらに減る睡眠時間――って感じで、無限ループでこの条件を満たせないわけ」

肩を竦《すく》めて言うと、二人は完全に石化した。そのうち久利が唸《うな》り出した。彼は条件の書面を手に取っていくつか直筆で書き加えていく。

「よし、分かった。音緒くん、この条件なら――考えてもらえる？」

「……実験中は車で十分の場所に住居提供、食事つき、アルバイト斡旋《あっせん》、実験終了後も新しい住居が見つかるまでサポート？」

怪しいくらいの好条件に、思わず訝《いぶか》しげな視線を久利に送る。

「そのくらいのことをしてでも協力してほしいと思ってる。研究のためにも、君自身のためにも。ただうちも資金が潤沢ってわけではないし時間もないから、新しく部屋を借りることはできない。ってことでいっちゃん、一部屋貸してあげなよ。食事も自分の分を買うついでに音緒くんのも用意してあげればいいでしょ？　そのへんの補助は出すし。いっちゃんの帰宅時間もなるべく規則的になるように調整するからさ」

にこっと笑った久利に突然話を振られた樹は、ぎょっとした顔で立ったまま久利を見つめ返した。

「は……？」

「どちらにせよ発情期は入院してもらうから、フェロモンにやられる心配もない。この研究を誰より成功させたいと思っているのは、いっちゃんでしょ？　それに君の家、うちの研究員の誰の家より大きいし」

困惑する樹を無視して、久利は音緒に向き直る。

「いっちゃんはアルファだけど育ちがいい上に研究第一の堅物だから、被験者に手を出すなんてことは絶対にないって僕が保証するよ。それでアルバイトだけど、職場はここで一日六時間のデスクワーク。実は事務員さんが一人産休に入っちゃったから、ちょうど人手不足だったんだ。面倒なデータ処理って結構多くて。とはいえ作業自体は簡単な打ち込みだからすぐに覚えられるだろうし、このバイトの時給と謝礼を合わせれば下手なバイトを掛け持ちするより好条件だと思わない？」

新たに加筆された時給も比較的高額だった。二カ月分の家賃と食費と薬代が浮いて、さらにアルバイト代と謝礼が入るなら黒字になるかもしれない。

「この新薬は簡単に言うと、既存の抑制剤によって体内で生成されてしまった抗体を初期化するものだから、臨床試験終了後に投薬を止めてもヒートが重くなるなんてことはない。むしろ身体が初期化される分、弱い抑制剤でも効きやすくなるから副作用も出にくくなるんだ。もちろん、実験が終わっていきなり放り出すようなことはしないよ。異常がないかのヒアリングは定期的に実施するから、万が一症状が悪化した場合は責任持って治療する。住居だって新しい住まいが見つかるまでこっちでサポートする。……どうかな？　協力してもらえる？」

顔を覗《のぞ》き込むように見つめられ、音緒は思わず微妙な表情のまま黙っている樹に視線を向けた。

「俺はまあ……いいけど。あんたはいいのかよ、俺が転がり込んで」

神経質そうな顔を見るに、とても他人と同居できるタイプとは思えない。ソファの脇で直立している樹を窺《うかが》うように見上げると、端整な顔を存分に顰めたあと、苦々しげに頷《うなず》いた。

「……部屋を一つ、用意する。そのくらい、君は貴重な被験者なんだ」

被験者と言いきられたことは些《いささ》か不愉快だったが、この男は『研究第一の堅物』なのだから仕方がない。それにオメガに対して変に欲望を抱かれるよりは余程いい。

「じゃあ決まりだね。音緒くん、この契約書にサインしてくれる？　引っ越しは今週末でいいかな？　これ、うちの研究室直通の電話番号。大体の荷物の量が分かったら連絡して。こっちで全部手配するから」

そう言って手渡された名刺をポケットにしまい、音緒は一人で出口に向かう。通りに目を向けると来月のクリスマスに向けてめかし込み始めた街が濡れている。

ちょうど通勤時間なのか、閑散としていた明け方より格段に人通りが多くなっている。地上にひしめくカラフルな傘の群れとは対照的なくすんだ灰色の空から、いくつもの雫《しずく》が落ちてくる。

――げ。雨降ってんじゃねえか。

冬の雨に当たるのはつらい。濡れた衣服がどんどん冷えて、体温が奪われていくのをまざまざと感じる羽目になる。

――仕方ない。駅までひとっ走りするか。

音緒は全速力で駆け出した。目に雨が入らないように下を向いて、景色の変わらない地面を見

つめながらひたすら足を動かす。

コートが雨を吸収するたびに重くなり、細い肩に伸し掛かる。ふと、漠然《ばくぜん》とした不安が胸に広がって足を止めた。

この実験に協力することに迷いはない。自分と同じ症状に苦しむオメガの助けになるのなら純粋に嬉しいし、その間不自由のないようにサポートしてくれる条件も正直破格だと思う。

しかし、そこから先は？　自分の人生は、いつだって先が見えない。つけ込まれないように毎日心を武装して強気に生きていても、冷たい雨の中で立ち止まった瞬間に、前が見えない不安に飲み込まれそうになる。

——俺らしくもない。今までだって、一人でなんとかしてきたじゃねえか。

自分に言い聞かせるように再び足を踏み出すと、背後から同じように駆けてくる足音が聞こえる。

僅かに、アルファの気配を感じた。

——まさか昨日の客……？

昼の職場に押しかけ、アパートに嫌がらせをし、バーでついに実力行使に出ようとしたあのアルファの男。昨夜はなんとか抵抗し、椅子で殴り飛ばしてやったが——その結果音緒はクビになったわけだが——まだ諦めきれずにつきまとってきたとしたら相当質《たち》が悪い。

今度こそ捕まったらアウトだと思い速度を上げるが、足音は無情にもどんどん近付いてくる。

「おい——」

「うあああああっ」

ぱっと腕を掴まれた瞬間、音緒はぶんぶんと両腕を振り回した。相手が怯《ひる》むのと同時に、自分の拳《こぶし》がつんとどこかにヒットする感触がした。

――あれ？　今回は随分《ずいぶん》手応えがねえな。

違和感を感じて振り返ると、鼻血を出した樹がハンカチで鼻を押さえながら、似合わないパステルオレンジの傘を差して立っていた。

「はっ？　え、あんた、なにやってんの？」

「……どうして君はそういちいち騒がしいんだ。雨が降っていたので傘を持ってきたんだが、まさか鼻に拳がめり込むことになるとは思わなかった」

そう言って差し出された傘に目を丸くした音緒は、自分の勘違いに気付いてじわじわと顔を赤くした。

「わ、悪い。不審者かと思って。……あれ？　あんた、自分の傘は？」

音緒に傘を手渡した樹は、どう見ても手ぶらだ。どうやって帰る気なんだ。

「自分の傘なら車にもう一本……あ」

樹は自分の失敗に気付くと気まずげに眼鏡を押し上げた。端整な顔立ちで鼻血を出しながらボケる男に、音緒はつい噴き出す。

「ははっ、あんた意外と面白いな。殴って悪かったよ。一度一緒に研究所まで戻ろうぜ。そしたらこの傘貸してもらってもいいか？」

瑕疵のない見た目と不愛想な態度から来る冷たいイメージは一掃され、相手がアルファということも忘れて親しみすら湧いてきた。初対面のときの「神経質なエリート」という印象に、音緒は脳内でひそかに「ちょっと抜けてる」と書き足した。

困ったようにしながらも頷く樹と肩を並べ、相合傘のまま無言で歩く。

二人で入っても濡れない大きな傘の下で、音緒はしっかりと前を向いた。冷たい雨から守ってくれる傘のおかげか、隣を歩くおかしな男のおかげか。心に巣食う不安の影は、ほんの少しだけ遠のいていった。

なにが解決されたわけでもなかったが、たとえただの雨宿りでも、真っすぐ前を向けることが今の音緒にはとてつもなく大切なことだった。

今までこんなふうになんの見返りも求めずに傘を差しかけてくれる人はいなかった。詮索をせずにただ静かに隣を歩いてくれる人も。

——ありがとう、って言ってないな……。やっぱ、ちゃんと礼を言うべきだよな。

時折ぶつかる肩になぜだか少しだけそわそわしてしまう。感謝を伝えたくて、上昇した気持ちのまま斜め上を見上げる。

——え……？

思わず言葉を飲み込んだ。見上げた樹の横顔は、音緒とは対照的に物憂げだった。落ちてくる雨粒をぼんやりと見つめる虚《うつ》ろな視線。

まるで記憶の深くて冷たいところへ沈んでいくようなその瞳が、音緒はひどく気になった。

＊＊＊

週末、樹は久利の真っ赤なスポーツカーの助手席に乗せられていた。

「室長。引っ越しの手伝いというのは、本当に業者に依頼しなくて大丈夫なんでしょうか」

「大丈夫大丈夫。荷物の量を聞いたら、この車に積み込める感じだったから」

軽い調子で言う久利に、樹は首を傾げる。スポーツカーに積み込める家財道具というものが想像できない。家電や家具など積めるわけがない。大きなものは処分するのだろうか。

「あ、ほら。あそこ」

久利が指した先には、完成から半世紀以上は経《た》っているであろう木造アパート。その一室の扉に寄りかかった音緒が、こちらに気付いて右手を上げている。彼の部屋は一階らしい。

数メートル離れていても、玄関の周りがやけに汚いのがわかる。ペンキのような染料の跡や小さな傷が、木製の扉を中心に所狭しとつけられている。

「僕は駐禁切られないように車で待ってるから、いっちゃん行ってきてよ。どうしても運べないものがあったら僕も駆けつけるからさ」

「ではひとまず先に向かいますが……呼んだらちゃんと来てくださいよ」

いってらっしゃい、と手を振られ、家財道具を自分と華奢な音緒の二人に運ばせるなんてこいつは鬼かと思いながら樹は重い腰を上げた。

アパートに向かって歩いていくと、樹が近付くのと同じくらいのペースで音緒がいくつかの手提げ袋を持ち、大きめのキャリーケースをごろごろと転がしながらこちらへ歩いてくる。

「引っ越しを手伝いに来た」

「さんきゅー。あ、傘返すわ。助かった」

初日に貸したパステルオレンジの傘を差し出す音緒に、樹は静かに首を横に振った。

この傘はこの三年間ずっと車に置いていて、けれどいつか手放すつもりでいたものだった。

「……いや、それはもう必要ない。よければ貰ってくれ。それよりなにを運べばいい？　量が多いようなら、室長を呼びつけるが」

傘の返却を拒まれた音緒は訝しげな顔でこちらを見ていたが、樹がやや強引に話を変えると肩を竦めて玄関の扉を指した。

「じゃあ、玄関入ってすぐの布団を頼む」

言われるまま玄関の扉を開くと、薄い布団と毛布がコンパクトに畳まれていた。

布団を持ち上げ、ふと部屋全体に目を向ける。妙にがらんとしている。テレビも冷蔵庫も箪笥《たんす》も本棚もない。まさかあのキャリーバッグに詰め込んだとは思えないから処分したのかとも思ったが、床にはそれらが置いてあった形跡すらない。もともとなかったということだろうか。

想像できない暮らしに茫然《ぼうぜん》としていると、背後から「どうかした？」と声をかけられる。

「いや……これで荷物は全部なのか？」

「ん？　ああ。生活用品はキャリーに詰めたし、ギターは背負ってるし。あとはその布団だけ」

玄関を施錠した音緒の細い背中に括《くく》りつけられている黒いケースを、樹は意外そうに見た。

「君はギターを弾くのか」

「ああ、結構うまいぜ？」

自信ありげに片頬を上げる音緒に思わず肩の力が抜けた。

彼の表情はこの汚いアパートや質素すぎる持ち物とは不釣り合いなくらいに強気で、つい同情的な気持ちになっていた樹をなぜか安心させた。

音緒と二人荷物を持って、路肩に停車した久利の車に向かう。煙草をふかしていたらしい久利は運転席から身軽に飛び出してきて後部座席のドアを開けた。

「やあ、お疲れさま。それじゃあ出発するよ」

助手席に樹が、後部座席に音緒が乗り込んだのを確認し、久利がアクセルを踏み込む。

音緒の住んでいた街のあたりでは少しナビに頼っていたものの、大通りに出てしばらくすると市区を越え、やがて見慣れた景色になった。

そこの角を右に曲がれば樹の住む高層マンション、左に曲がれば久利の単身者向けマンション。久利の家と樹の家は徒歩圏内なのだ。もちろん示し合わせたわけではなく、単に職場に通いやすくて住みよい街だからである。

樹のマンションの駐車場に車を駐めると、今度は三人で荷物を運び出す。とはいえ大半は音緒が自分でさっさと持っていってしまったので、樹は布団係、久利は実質エレベーターのボタンを押す係のような感じになった。細い身体で実に逞《たくま》しいオメガである。

「なかなかいい部屋じゃねえの」

少ない荷物は運搬も荷ほどきもあっという間だった。

部屋に案内されてキャリーバッグの中身を備え付けの戸棚にしまい、小一時間が経った頃にはすっかり我が物顔でソファベッドに腰掛けている音緒の姿はなんだか人馴れした猫のようだ。

ちなみに彼が寛ぐこのソファベッドは先日までリビングにあったものだ。昨日音緒用のベッドや家具は大丈夫かと久利に聞かれるまで樹はベッドのことを失念していた。この部屋はたまに物置代わりにするくらいでほとんど使用していなかったし、そもそも一人暮らしのため客用のベッドなどもなかった。

急いで買いに行こうと思ったところ、久利に「リビングの特大ソファをベッドにすればいいじゃん、あれ兼用でしょ」と言われ、その手があったかと膝を叩いた。たまに家を行き来するので互いの家の構造は知っているのだが、圧倒的に久利の方が樹の自宅に詳しい気がする。「いっちゃん、くそ真面目にベッドもう一台買いに行こうとしたでしょ」と笑われ、融通の利かない自分と久利の観察力にばつが悪くなった。

「さてと。それじゃ、僕たちはこれから仕事だから。音緒くんのバイトと投薬は明日からね。今日はゆっくり身体を休めること」

「分かってる。今日は一日ダラダラしてるって」

音緒は身体を揺すりながら、ぽよんぽよんとソファベッドの弾力を暢気《のんき》に楽しんでいる。

自由気ままな様子でひらひらと手を振られ、環境の変化によるストレスなどは心配なさそうだと安堵する一方、躾《しつけ》の厳しい家庭で育った樹としては、他人の家に上がって早々お気楽すぎるのではないかと若干苛立《いらだ》つ。

「……もともとそういった嗜好《しこう》はないようだが、禁酒・禁煙は守ること。それと、俺の部屋には入らないこと。今日の分の食費は合鍵と一緒にここに置いておく。食事についてはある程度は好きなものを買って構わないが必ず朝昼晩と一日三食とり、暴飲暴食は避けるように」

「いっちゃんったら。初めて留守番をする息子が心配で口うるさくなる母親じゃないんだから」

改まった口調で注意を促すと、久利に苦笑された。

「おう、任せとけ」

にっと笑って頷いた音緒は、相変わらずマイペースな動きでギターを取り出している。

ただでさえ自分のプライベートな空間を他人に貸す羽目になって神経質になっている樹は、ちゃんと聞いているのだろうかと不安になってきた。貴重品は取り出せないようにしているが、侵入した野良猫のように家の中を荒らされたりしたらかなわない。

それに彼はずっと不規則な生活をしていたようだし、臨床試験の妨げになるような生活習慣は改善してもらわなくてはここに住まわせる意味がない。そう考えたらさらにピリピリしてきてしまい、つい小言が漏れる。

「まったく――本当に分かっているのか？　今回の臨床試験は規則正しい食生活というのも重要な条件なんだ。そもそも君の食生活の不摂生は、職を転々として生活が安定しないことが原因だろう。今はヒート休暇を認めたうえで働きやすい環境を促進するオメガ雇用法もあり、企業でも一定数オメガの雇用を推進しているはずだ。アルバイトばかりでなく、努力次第でオメガにもそういったチャンスが――」

「いっちゃん、そろそろ行かないと」

樹が今まで出会ったオメガたちは皆まっとうに働いていた。久利の研究室にも、無料でオメガ細胞の提供をして研究の発展に協力してくれるオメガが何度か来たことがあるが、彼らもきちんとした生活を送っていた。

音緒は雰囲気こそがさつだが悪い人間ではないだろうし、まして怠け者というわけでもなさそうなので、しっかり努力すればバイトを掛け持ちしなくてもいい生活を送れるのではないか。

そう思って言葉を続けようとするのを遮った久利は、樹の腕を引っ張って部屋を出ようとする。

音緒は俯《うつむ》いてアコースティックギターのチューニングをしている。まるで何も気にしていませんと言わんばかりのポーズ。大きな瞳は前髪で見えない。

「いっちゃんが小姑《こじゅうと》みたいでごめんねぇ」

久利が小さな頭をくしゃくしゃと撫で、軽口を叩く。

「これ、僕の携帯番号。なにかあったら遠慮なく電話して。あ、最初の検査の日に音緒くんの番号は記入してもらってるから、僕たちはちゃんと君の番号知ってるし、安心してかけてね」

「いってきまーす」という久利の大きな声に一言「おう」と返ってきて、樹は扉を施錠しながら、どんな返事だよと眉を顰《ひそ》めた。

しばらく歩いたところで、珍しく真面目な顔をした久利がこちらを振り向いた。

「いっちゃん、あの発言はよくない。彼が好き好んで職を転々としているわけがないでしょ？　不定期なヒートの体質を理解してくれる職場は少ないよ」

「……言い方がよくなかったことは反省しています。しかしオメガ雇用法により一定数のオメガの雇用と、発情期に合わせた休暇は認められているはずです。その権利を活かさずに、アルバイトばかり転々としているというのは——」

「彼の怠慢だって？　いっちゃんは研究になるとすごい能力を発揮できるのに、それ以外のところはちょっと世間知らずだからねぇ」

苦笑いで肩を竦める久利を樹は訝しげに見た。

「オメガ雇用を義務化されたのは大企業ばかりでしょ？　そんな企業が採用するのは高学歴のオメガでしょ？　いっちゃんの知り合うようなオメガやうちの研究に無償協力してくれるようなオメガは、ほんの一握りの恵まれた環境に身を置いている人たちだよ」

そう言われてハッとした。音緒は十代の頃から働いていると話していたし、きっと中卒か、よくて高卒だ。

月の四分の一以上、しかも不定期に働けなくなる低学歴のオメガを正社員で雇うか——自分が経営者なら、ある程度の余裕がない限り躊躇《ちゅうちょ》するかもしれない。

そうなると、彼が発情期以外の期間に昼夜問わずアルバイトをしたとしても、収入は薬代に消えてしまって貯蓄もなく安定した生活などとても送れないのかもしれない。

「彼の最終学歴は知らないけど、あれだけヒートが不定期だったら大学どころか高校だって出席日数が足りなくなるよね。私立学校にはヒートでの欠席が進級に影響しないオメガ学級もあるけど、そんな私立校に入るのにどれだけお金がかかるか分かる？　実際、未だに富裕層のオメガしか進学率は上がっていない。それでも大学に行かなかった、オメガ雇用の対象にならなかったのは、彼の怠慢って言える？」

普段へらへらしている久利だが、実は理路整然とした男だ。諭《さと》すように言われて、ぐうの音《ね》も出ない。

樹は自分の失言を後悔した。音緒は自由で逞しそうだが、実際は重いヒートに苦しむオメガなのだ。オメガらしさを感じさせない振る舞いに、彼になら少しくらいきついことを言っても大丈夫だと心のどこかで思ってしまっていたのかもしれない。強気な人だって傷つくに決まっているのに。

あのときベッドで俯いたままチューニングをしていた彼は一体どんな表情をしていたのか。心なしか、唇がへの字に曲がっていた気がする。そう考えると胸が締めつけられた。

いちいち騒々しいくせに、ああいう場面ではなにも言い返さないから余計に罪悪感が募る。

「まあ僕は大学の専攻過程でいろんな階級のオメガの生活環境を調査してきたから彼の歩んできた人生にもおおよその見当をつけられたってだけだし、いっちゃんのことだから悪意があったわけじゃないってのは分かるけどさ。あんまりデリカシーのないこと言っちゃダメだよってこと」

久利と違って、樹は三年前までまったく異なる医療分野におり、オメガに関する知識も関心もほとんど持ち合わせていなかった。生まれながらにしてアルファ家系の坊ちゃんである樹は、オメガの医学的なエキスパートとなった現在も下層階級のオメガの暮らしなど想像もつかない。しかし、言っていいことと悪いことくらいは分かる。分かっていたはずなのに。

久利は一気に沈黙した樹をフォローするように肩をポンと叩いて車に乗り込む。

「いっちゃんは堅物で朴念仁《ぼくねんじん》でデリカシーに欠けるけど、真面目で本当は誰より優しい男だって僕は知ってるよ。だから、彼を少しの間だけでも支えてあげてほしいなって思う」

優しく微笑んだ久利は助手席をポンポンと叩き、乗っていくかと言ってくれたが、頭を整理したいからと言って断った。

おそらく、音緒は自分の理解を越えた苦境で生きている。ならば今後は軽率な発言で彼を傷つけないように、反省し理解を深めていけばいい。失言を後悔していても始まらない。対策を考えたら、あとは実行するだけだ。

今までの人生における小さな失敗と挽回を思い出し、樹は頭を切り替えようと努めた。

――頭が、切り替わらない……。

いくら自分に言い聞かせても、樹の思考を占領するのは俯いてギターを弄《いじ》る蜂蜜色の小さな頭。結局夕方になると居ても立っても居られず、樹は研究室を飛び出した。指摘された間違いはきちんと反省する。樹はそういうところは素直な性格だ。知らなかったとはいえ音緒を傷つけてしまった自分が許せなかった。傷ついても平気なふりをするあの青年の顔をきちんと見て、謝りたかった。

久利にすべてお見通し、といった顔で送り出され、樹は駐車場に駐めていた車に飛び乗った。

習慣で途中のデパートに寄り、よく弁当を買う店で幕の内を二つ買った。

「もしもし、高城だ」

自宅付近まで来ると、樹はふと思い立って音緒の携帯に電話した。勢い余って二人分の弁当を買ってしまったが、運転している間に今朝食費を渡していたことを思い出したからだ。

『あぁ、なに。なんかあった？』

七コール目でやっと出た音緒の声は、どこか浮かない様子だ。

「いや。もう夕飯は済ませたか？」

それならそれで弁当は明日に回してデザートでも買って帰ればいい。そう思って確認すると、

『いや……まだっつうか、なんというか』と歯切れの悪い答えが返ってきた。

やはり今朝自分の失言で傷つけてしまったから元気がないのだろうか。そう思ったら一層胸がチクチクした。

「分かった。すぐ帰る」

『へっ？　帰るって——』

狼狽《うろた》えたような音緒の声の途中で終話し、樹はアクセルを踏み込んだ。

＊＊＊

唐突に通話が始まり唐突に終わった電話を片手に、音緒は窓の外の夕焼けには目もくれず、ただ焦《こ》げの浮いたカレーの入った鍋を茫然と見つめていた。

幼少期は料理をしない母親の代わりに自分が台所に立っていたはずなのに、基本中の基本であるカレーでまさかの大失敗。

考えてみれば、ＩＨのキッチンなど使ったことがなかった。料理も、ここ数年はほとんどしていない。

久々に満足な睡眠をとり、一日フリーな上に食費なんか手渡されたものだから変に気力が湧いてしまったのだ。

きちんと三食とれば別にコンビニ弁当でもよかっただろうに。樹は夕飯どうするのだろうなどと考えてしまい、一緒に食べられるものを作ればいいのだという結論に至った結果、焦げカレーが爆誕してしまった。

「くっそー、鍋底でひっそりと焦げつきやがって……」

掻き混ぜたときに嫌な感触とともに浮き上がってきた一片の焦げを睨みつける。

樹は出会った日も朝まで研究所にいたし、てっきり毎日遅く帰るものだと思っていた。それがまさか夕方に帰ってくるとは。

――この鍋どうしよう……。

途方に暮れていると、玄関の扉が開く音が聞こえた。

「えっ、もう？　早すぎねえ？」

証拠隠滅は諦めて玄関に向かうと、肩で息をした樹がデパートの袋を片手に立っている。

「ただいま」

「……おう」

焦がした鍋が後ろめたくて目を逸《そ》らすと、急に樹がガバッと長身を折り曲げ、頭を下げた。

「今朝は失礼なことを言ってしまい、すまなかった」

「は？　なに、話が見えないんだけど」

突然のことに焦《あせ》る音緒を置いてけぼりにして、樹は粛々と謝罪を続ける。

「俺は研究以外のことに関しては本当に世間知らずなところがあるらしく……君を傷つけるつもりはなかった。色々な環境で育った人がいるということを考慮すべきだった。反省している」

ようやく、今朝の小言についての謝罪だということに思い至った。心ない苦言に多少傷つきはしたものの、止めに入った久利の微妙な表情から考えて、坊ちゃん育ちの樹には極貧オメガの事情など想像もつかないのだろうということはなんとなく分かった。

ほとんど異世界のような環境について理解を示せなくても仕方ないと肩を竦めて終わらせたつもりだっただけに、まさか言った本人がここまで罪悪感に駆られていたとは思わなかった。

「……ははっ、あんた、本当にくそ真面目だな。別にいいよ、そんな小さいこと気にしてねえし」

なかなか頭を上げようとしない樹に尊大に笑いかけてやると、ゆっくり顔を上げて小さく安堵したように息を吐いた。

「デパートで弁当を買ってきた。よければ一緒にどうだ——ん？　なんか不思議な香りが……」

弁当の入った袋を音緒に手渡して、樹は鼻をくんくんと鳴らしながらキッチンの方へ向かっていく。

「あ、いや、これはちょっとした事故というか……」

慌てて追いかけるも、時すでに遅し。樹は物珍しげに焦げ臭いカレーを見つめていた。

「俺は料理をしないから分からないが……嗅いだことのない香りのスパイスだな」

「いや、普通に焦げてんだよ！　あんたほんと研究以外ポンコツだな！」

バシッと樹の背中を叩いてから二人でテーブルにつき、幕の内弁当を食べる。

「しかし、君が料理できないなんて意外だな。節約には自炊がいいとうちの事務員も言っていたし、君もてっきり自炊のプロなのかと思っていた」

初めて食べるデパートの弁当をもぐもぐと咀嚼《そしゃく》していると、彼なりの雑談のつもりなのか樹が比較的柔らかい口調で話しかけてきた。

もう焦げカレーのことは忘れてくれてもいいのに。こちらもわざとらしく口を尖らせながら恨めしげに樹を睨んでみる。

「そりゃまあ、小さい頃はほとんど家に帰ってこない母親の代わりにやってたけどさ。働き始めてからはそんな暇ねえって。一日十六時間とか立ちっぱなしで働いて、それからスーパーで材料買って自炊とか無理。そんな気力ない。掛け持ちだから休日もねえし。だから主食は専《もっぱ》らコンビニ弁当」

やっぱ同じ出来合いでもデパートの弁当って美味いな、と言うと、樹はぽろりと箸を落としてズーンと項垂《うなだ》れた。

「えっ、なに、腹でも痛いの？」

「……俺は早速また、デリカシーのないことを言ったな」

賃金が低ければ労働時間が増え、自炊する時間が減るぶん出来合いを買うことで支出が増える悪循環。樹は何気ない会話でそこに触れてしまったことを激しく後悔しているようだ。

しかし音緒は別段気にしていなかった。樹は缶コーヒーを一本買うか買わないかで悩んだこともないであろう裕福なアルファだ。

「いや、そんなに落ち込むなよ。あんたボンボンなんだろ？　理解できなくて当然だし、仕方ねえって」

箸を置いて励ますように肩を強く叩いてやると、その手をぐっと摑まれた。

「仕方なくないだろう！　知らないからといって、君を傷つけていい理由にはならない。立場や環境のせいにして仕方ないと諦めたら、きっといつか後悔する。俺は、これから君のことを理解できるようになりたいと思う」

手を握ったまま熱烈な宣言をされ、音緒は徐々に自分の顔が赤くなっていくのを感じた。

今まで世の中の背景として生きるか、所有の対象として見られるかの二択だった。しかし、目の前のこの男はなぜだか分からないが音緒のことを理解したいなどと言っている。

それはまるで、薄暗い空と冷たい雨が降り続く音緒の世界に差し出された傘のように、優しく温かな言葉だった。

――いや、研究熱心なこいつのことだから、ただ研究の一環として言ってるに決まってるし……。

頭ではそう分かっていても、まったく異なる環境で生きてきた自分の人生を理解したいと言ってもらえるのは、なんだかとても嬉しくて、とてつもなく恥ずかしかった。

「……へっ、俺のことを理解しようなんざ、百年早いぜ」

耳を赤くしたまま言っても迫力に欠けるであろう捨て台詞を吐き、音緒はしいたけの煮物を素早く口に放り込んだ。口中にじゅわっと出汁《だし》の味が広がる。

「君の育ってきた環境を知らないばっかりにとんだ失言をしてしまったので、もしよければ君のことについて可能な範囲で聞かせてほしい。もちろん無理にとは言わないが」

仕切り直すように言う樹に、しいたけを十分に味わってから飲み込んで答える。

「別にいいけど……その前にこれから二カ月間、キミキミ言われるの嫌なんだけど。俺もあんたのこと名前で呼ぶから、あんたも俺を名前で呼べよ。いいな、樹」

「別に誰にどう呼ばれようと構わなかったが、この男にはなんとなく名前で呼んでほしかった。

「……わかった。それで君は――音緒は、今までなんの仕事をしていたんだ？ ギターを弾くと言っていたし、やはり音楽関係だろうか」

「あぁ、楽器店で半年くらい働いたことあるぜ。店に来たアルファのミュージシャンに襲われかけて、ギターで相手をクラッシュしたらクビになったけど」

店長に「すぐに謝れ」と言われ、ギターに「傷つけてごめんな」と謝ったら秒で解雇された。

「店長には『大人しく買われておけば安泰《あんたい》だったのに』なんて言われたけど。有名ミュージシャンだろうが実業家だろうが、オメガ収集が趣味みたいなアルファに囲われる人生なんて真っ平だっつうの。まったく、魂《たましい》の番とかいう運命の相手ならともかく——って悪い、あんなの都市伝説だよな」

まだ社会に出てすぐの頃はアルファを撃退するたびに「いつか魂の番と一緒になって幸せな家庭を築くんだ!」と自分に言い聞かせていたが、その希望もいつからか擦り切れた。

今は運命の相手なんてものは諦めて、とにかく一見してオメガと分からないように見た目や態度を完全武装し、一人で生きていける強さがあればいいと思っている。

そもそも樹はどう見ても現実主義だ。魂の番や運命などという非科学的なもの自体、噴飯《ふんぱん》ものだろう。

くだらないことを言ってしまったと苦笑すると、樹はふわっと柔らかく笑った。

「運命か……。そういうものも、あるんじゃないか」

「へ?」

そう言った樹があまりに美しくて、音緒は自分の胸にトスッとなにかが刺さるのを感じた。

切れ長の瞳は眼鏡の奥で切なく揺れており、口元はとても優しく微笑んでいる。クールな顔立ちに愛の色を感じ、音緒は心臓が鷲摑《わしづか》みされるような感覚に襲われた。なんて顔をするんだ。綺麗で、儚《はかな》くて、切ない。ものすごい破壊力だ。みるみるうちに感じたことのない甘い感情が溢《あふ》れ出す。

音緒は自分が今この瞬間、恋に落ちたことを悟った。だってこんなに純粋に、綺麗に微笑む人を見たことがない。

音緒を理解したいと言ってくれたときの真剣な眼差しまで思い出してしまい、脈拍がじわじわと上がっていく。

目の前で微笑む美しい人を見ていたら、その運命の相手は自分なのではないかとすら思えてきた。

「なあ、その運命の相手って俺じゃねえの？」

「は？」

音緒のあまりの直球勝負に樹はぽかんとしている。今まで恋愛どころではなかった音緒からすれば、アルファに口説かれて撃退したことはあっても、自分から相手にアピールしたことなど一度もない。それに計算や駆け引きなど自分には似合わない。

「いや、だって今、めっちゃビビビッて来たし」

前進あるのみ。直感を信じて押しまくると、樹は真顔で「ビビビ……」と繰り返す。

「……俺はまったくビビビと来ていないんだが。それに来るなら出会ったときに感じているはずだろう」

ノンデリカシーのカウンターで反撃され、ぐっと言葉に詰まる。たしかに初めて会った瞬間は「でかい」「神経質そう」「金持ちっぽい」としか思わなかったけれど。

――でも、だったらなんでさっきあんな顔したんだよ！

不満げに樹を見ると、苦笑いを返された。

「音緒の中でどんな勘違いがあったのか分からないが、君にはもっと素敵な魂の番がきっとどこかにいるはずだ。それに俺は被験者とどうこうなろうという気持ちにはなれない」

堅物らしい常套句《じょうとうく》でさらっと断られた。生真面目な樹ゆえ、被験者というところがネックなのだろうか。

――ちっ、失礼な奴め。でもこの程度で諦める俺じゃないぜ。

音緒が膨れているうちに、樹は普段のクールな顔に戻っていた。音緒の告白はすっかりなかったことにされたようだ。

「それで他にはどんな仕事を？」

先程までの表情は錯覚かと思うほどいつも通りな樹に先を促され、渋々会話を再開させる。

「……あとはまあ、オーソドックスに工場勤務もしてたし。ええと、たしかあのときはベータの工場長が本部のアルファのお偉いさんに取り入りたかったらしくて、工場視察のときに俺のことを売ろうとしたんだったかな。二人まとめてベルトコンベアーの上にぶん投げたらクビになっちまって」

話しているうちに、危うく二人一緒に真空パックされかけた工場長と取締役の顔を思い出し、ついぷっと噴き出す。

「この間まで昼はレストランで夜はバーテンダーやってたんだけど――バーの客が質の悪いアル

ファでさ。昼の店に連日押しかけられてレストランもクビになっちまうし、バーでついに実力行使に出られそうになって椅子でぶん殴ったらバーもクビになっちまうし。嫌がらせのつもりなのか、自宅の玄関に『ここにはオメガが住んでいる』とかペンキで馬鹿みたいな落書きされたり釘で貼り紙打ち付けられたりしたせいでアパートも強制退去になるし、あいつほんと今までで一番迷惑だったな」

せっかく仕事が続いてもそこに厄介なアルファが現れると、社会的弱者なうえに希少種であるオメガを手に入れようとしつこく迫られ、抵抗した音緒は解雇される。もしくはアルファの上司に恩を売りたいベータなどに利用されそうになり、結局抵抗してクビになる。毎度、その繰り返しだ。

あのアルファの客、いっそのこと酒のボトルでもう何発か殴ってやればよかった、と怒りがぶり返す音緒を、樹は唖然《あぜん》とした表情で見つめている。告白より余程リアクションがあるのがなんとも言えない。

「あ?　なんだよ。あんたが聞いてきたから話したんだけど」

「いや……君は今までなんという目に……よくそんな修羅場《しゅらば》をいくつもくぐり抜けてきたな……」

悲壮感を漂わせたつもりはないが、お坊ちゃまには刺激の強い話だっただろうか。しかし同情されるのは御免《ごめん》だ。

「おう、だから腕っぷしには自信あるぜ」

あえて自信満々に言ってやると、樹は強張った顔を少し緩めて苦笑を浮かべた。

「音緒は本当に強いな」

「まあな。あんたはどうなんだよ。総合病院を継がなくていいのか？」

自分ばかりが話すのはフェアではない。見た目通り神経質で真面目だが意外と抜けているこの男が、一体どういう経緯であの研究センターに勤めることになったのか。研究内容が自分と関わりがあるということとは別に、音緒はこの男のことが知りたくなった。

「まあ、俺は次男だからな。家族からは病院に残るように説得されたが、どうしてもオメガ医療の研究がしたくなって、室長のところへ来た。俺はずっと免疫系を専門にしていたからオメガについては知識も経験も不足していたが――同じ大学という縁で、オメガ研究の最先端である久利研究室で研究開発ができることになったのは本当に幸運だった。そこからはもう、死ぬ気で学び、猛進の毎日だ」

だからどうして立場も収入も約束された総合病院を捨ててオメガ医療の研究に進んだんだよ。

そう聞く前に、樹は綺麗な箸遣いで卵焼きを口に運びながら「それで音緒は子どもの頃――」と強引に話題を変えた。

＊＊＊

午前五時、ピピピピピという電子音が樹の部屋に響いた。

目覚ましを二秒で止め、樹はすぐにベッドから下りる。顔を洗う前にミネラルウォーターが飲みたくなり、洗面所より先にリビングの扉を開くと、そこに人影があることにぎょっとした。

「おう、早いな」

「……音緒こそ、まだ朝の五時だ。データ入力のアルバイトは九時からだろう。まだ休んでいればいい」

「昨日早く寝たらなんかもう目が覚めちまったんだよ」

じいさんみたいだよなと笑いながらカーテンを勢いよく開けるのは、昨日から樹のマンションの一部屋に居候《いそうろう》しているオメガの被験者、音緒だ。

他人がいることなど滅多《めった》にない自宅で朝から快活に笑いかけられ、樹はつい目を瞬かせた。

「外はまだ薄暗いぜ。ん？　なに目をシバシバさせてんだよ。俺が輝いてて眩《まぶ》しいか？」

昨夜突然告白されたときは驚いたし、断ったことで多少気まずくなるかもしれないとも考えたが、まったくそんな様子はなく――おまけに朝一でドヤ顔までかまされてなんだか力が抜けてしまった。彼は本当にオメガらしくない。騒がしく、尊大で、真っすぐで、強い。

昨日彼の生きてきた環境に対して失言を重ねた樹に対しても卑屈になることなく勝ち気に振舞うその強さに、どこか安心し、ひそかに羨望《せんぼう》している自分がいる。

彼が言っていた運命だの恋愛感情だのというものを抜きにすれば、人として好ましいし尊敬もできる。

「あ、それより朝カレーしない？　昨日のカレー、意外と焦げが少なくてさ。寝る前に焦げてない部分を救出したんだけど、一晩寝かせたら意外といい感じになった気がする」

一緒にキッチンへ向かうと、音緒はニカッと笑いながら、冷蔵庫からミネラルウォーターと一緒に小分けにしたタッパーを取り出した。

「なら、いただいてもいいか」

のどを潤しながら言うと、音緒は鼻歌を歌いながらタッパーをレンジに入れた。

日の出前に向かい合って食べるカレーは、かなり大雑把《おおざっぱ》に切られた野菜がそこかしこで存在を主張しており、一部が焦げたせいなのかたまに微妙な苦みもある。調理した人間にそっくりな騒がしい味だ。

「うーん、やっぱりあんまり美味くねえな。無理しなくていいぜ」

きまり悪げに言う音緒に「嫌いな味ではない」と返してしまったのは、半ば無意識だった。

音のなかった部屋が賑《にぎ》やかになるのも、味気なかった一人の朝食が二人で食べる変な味のカレーになるのも、思ったより嫌ではないかもしれない。そんなことを考えながら食事を終えた樹はネクタイを締め、玄関へ向かう。

「では、俺は先に行く。君は九時からだが、初日なので少し早めに来て室長に挨拶《あいさつ》するように」

へーへーと可愛げのない返事をしながらも、音緒は玄関まで見送りに来る。

「いってきます」

「おう、鍵閉めとくから」

玄関を出るとすぐにガチャンと扉が施錠される音が聞こえた。いつもより多めの朝食をとった樹は、少し膨れた腹を擦りながら車に乗り込み職場へと向かった。

樹の指示通り、音緒は八時半頃に研究所に到着したらしい。樹が久利と二人で廊下を歩いてると、音緒が前から「おっす」と手を上げながらやってきた。

「やあ、音緒くん。今日も可愛いね！」

男女問わず出合い頭に口説く癖のある室長に、樹は眼鏡の奥から冷たい視線を送る。これさえなければ理想の上司なのに。

「可愛いは余計。それより俺、パソコンとか詳しくないけど本当に大丈夫か？」

「大丈夫、簡単な文字入力だし。あとは封筒に住所のシールや切手を貼ったり、書類をスキャンしたりコピーしたりするだけだから。それより、いっちゃんとはうまくやってる？　小言うるさくない？」

「おう、心配ねえよ。昨日告って振られたけど、今朝は一緒に焦げたカレー食った」

な！　と同意を求められ曖昧《あいまい》に頷くと、久利が驚いたようにこちらを見てくるので、樹は苦虫を嚙み潰したような顔になった。

久利の余計な一言に、さらに余計な一言を返した音緒を睨もうとしたが、無駄に楽しげな声を上げた久利に遮られてしまった。

「そうかそうか、やっぱり音緒くん面白いね。いっちゃんがタジタジになってるもん。まあアルファって傲慢でオメガに対して失礼なことをする輩もいるけど、いっちゃんはただの堅物だし、ちょっとデリカシーがないだけで優しい男だからさ。仲良くしてやってよ」

肩をバシバシと叩かれてずれた眼鏡を押し上げる樹の方を見た音緒は、鷹揚《おうよう》に頷いている。

「おう。オメガを所有対象としてしか見ない奴や蔑む奴、逆に無関心な奴もいる一方で、あんたらみたいに真剣にオメガの治療について考えている奴もいる。アルファだのベータだのオメガだのっていうのは些細な問題で、大事なのは個人対個人だろ。それに何より俺と樹は運命の相手だし」

当然のことのように言いきった音緒の声には一切の迷いはなく、久利が隣で「運命……？」と面白そうに聞き返している。

そんな二人を他所《よそ》に、樹の心には「無関心な奴」という言葉が刺さった。まるで過去の自分を責められているような、蓋《ふた》をした苦しみがせり上がってくるような感覚。

くらりと立ち眩みのようになった樹を置いて、久利と音緒の二人は仕事の流れについての話を進めていった。

午後四時を過ぎると、樹のいる研究室の隣の一室で点滴による投薬を終えた音緒が帰り支度をしているのが見えた。

「音緒くん、仕事覚えるの早いよ。失敗してもすぐに謝るからフォローもしやすいし、ちょっと生意気なところも事務のお姉さんたちには好評みたい」

荷物をまとめる音緒の背中を樹がなんとなく見つめていると、いつの間にか並んで立っていた久利が嬉しげに耳打ちしてきた。

「そうですか。それで事務のフロアが騒がしかったんですね」

久利の研究室は一番階段寄りにあるため、一つ下の階から音緒の「おっしゃ、任せろ！」と「わりぃ、やっちまった！」という声が交互に聞こえてきて、樹は今日一日気が気ではなかった。

「ふふっ、なんだかんだ言って心配だったんでしょ。音緒くんの声が聞こえるたびに手が止まってたし」

久利に気付かれていたことにきまり悪くなり目を逸らすと、研究室の入り口に鞄《かばん》を持った音緒が近付いてくるのが見えた。

「じゃあ俺、先に帰るわ。樹、夕飯なにか食いたいもんある？」

「いや、別に……無理しなくていい」

猫のような瞳が見上げてくる。唐突な質問に困った樹が適当に濁すと、音緒はむっとした顔になってしまった。

「昨日のカレーはちょっと失敗したけど、小さい頃は色々作ってたし、料理できないわけじゃねえから」

樹としては特に食べたいものもすぐに思い浮かばないし気を遣わなくていいという意味で言ったのだが、音緒は自分の手料理が拒まれたと受け取ったらしい。

不服そうな目に睨まれて、樹は少し考えてから口を開いた。

「……和食は好きだ」

「よし、和食だな。今回は焦がさないから期待しててていいぜ。樹の胃袋摑んでやる」

すでに自信満々な音緒に苦笑し、二人分の食材が十分に買える程度の食費を渡す。

「え、昨日貰った食費まだあるし、いいよ」

「足りないよりはいいだろう。それに胃袋を摑むというのは別として、俺の分も作ってくれることだし、余ったら手間賃にすればいい」

それでも微妙な顔でそれを返そうとする音緒と樹の間に、それまで見守っていた久利が入ってきた。

「いいじゃない、とりあえず受け取っておけば。多いなって思ったらあとで精算すればいいわけだし。それより食事は音緒くんが用意してくれるんだから、いっちゃんはデザートでも買って帰りなよ。音緒くん、好きなデザートとかある？」

久利は食費を返そうとする音緒の手を押し戻し、さらりと話題を変えてしまった。

「いや、別に……」

夕飯のリクエストはぐいぐい聞いてきたのに、逆にデザートのリクエストを聞かれた途端《とたん》に勢いが減退した音緒の甘え下手っぷりがなんだか面白い。

「なんでも言ってみればいい。それとも、甘いものは苦手か？」

なかなか答えようとしない音緒だが、二人の視線に観念したのか、ぼそっと一言呟いた。

「……ケーキ。苺の乗ったやつ」

予想外に可愛らしいリクエストに、樹と久利の顔が同時に緩んだ。そんな空気に居たたまれないというように、音緒は鞄を抱え直したかと思うと研究所をそそくさと出て行った。

午後八時、樹は小さめのホールケーキを片手に自宅の玄関の扉を開けた。

廊下を真っすぐに進んでリビングへ向かうと、ふわりと醤油ベースの香りをまとった音緒がキッチンから顔を出した。

「誕生日おめでとう」

「へ？　なんで知って——あ、そういえば問診票に生年月日書いたっけ」

音緒の可愛らしいデザートのリクエストに頬を緩ませたあとすぐに、久利は樹にも早めに帰るよう促した。揶揄われているのかと思ったが、投薬を開始してしばらくはなるべく一緒にいて様子を見た方がいいと言われてしまえば拒否する理由はなかった。

帰宅準備のためにその日の進捗《しんちょく》をまとめていると、ふと音緒のデータ上の生年月日が目に入った。一瞬今日が何日だったか分からなくなり携帯で確認したが、やはり今日のそれは音緒の生年月日と同じ日にちを示していた。

——誕生日くらい言えばいいのに。

騒がしいわりに大切なことは言おうとしない彼に、祝福の言葉を送ったらどんな顔をするだろう。カットされたケーキではなく、ホールケーキに蠟燭《ろうそく》を刺して吹き消すように言ったら、どんな反応が返ってくるだろう。そんなことを考えていたら無性に音緒の驚いた顔が見たくなった。

樹は気付けばデパートの一角で小さめのホールケーキと数字型の蠟燭を購入し、足早に帰路を急いで今に至る。

ケーキの入った小さな箱を受けとる音緒の表情は残念ながら俯いていて見えないけれど、柔らかな髪から真っ赤に染まった耳が見え隠れしているのがなんとも言えず微笑ましい。

「ああ、そういえば言い忘れていた。ただいま」

「……おう」

そっぽを向いたまま言われた返事に、樹は首を傾げる。

思い返してみれば、「いってきます」や「ただいま」に対して、「おう」以外の返事が返ってきたことがない気がする。

「ただいま」

今度は、はっきりと言ってみるが、返事は変わらず「おう」。今日のアルバイト中は「はよーっす」「よろしくっす」とややがさつながらも元気な声で事務職員たちに挨拶をしていたはずなのに。

なぜ家では挨拶が返ってこないのか。挨拶を返すのは人としての礼儀だろう。礼儀作法に厳しい家庭で育った樹としては見過ごせず、顔を逸らす音緒の頰を両手で摑んで持ち上げた。

「いいか。『ただいま』には『おかえり』と、『いってきます』には『いってらっしゃい』と返すんだ」

子どもを諭すように目を見て教えると、音緒はいきなり捕獲された野良猫のように暴れて樹の手を振り払った。

「……おかえり。ちっ、慣れてねえんだよ」

目元を赤く染めながら拗《す》ねたように言われた言葉は一瞬意味が理解できなかったが、彼の生きてきた環境を思い返してようやく言わんとすることが分かった。

母子家庭で、母親も滅多に帰ってこない家で自炊していたと昨夜言っていたではないか。

両親、兄弟、お手伝いさん――樹が当たり前にしてきた挨拶をする相手が一人もいない環境で育った彼は、職場で使う挨拶はできても、家で誰かを迎える・迎えられるという行為そのものに慣れていないのだ。

「いいか、音緒は今、この家に俺と住んでいる。俺が帰ってきたら『おかえり』と言って出迎える。逆に君が帰ってきたときは、俺に『ただいま』と言えばいい。分かったな?」

ほんの二カ月の間だけでも、この強いけれど孤独な青年に感じてほしい。大半の人が幼い頃に経験してきたであろう家人を迎える嬉しさや、誰かが待つ家に帰る温かさを。

同情というよりは祈りに近い気持ちで、樹は音緒の頭を撫でながらもう一度「ただいま」と言った。

首まで真っ赤にした音緒がキッチンに逃げ込みながら返した二度目の「おかえり」は蚊の鳴くような声だったが、数分後にリビングまで届いた弾んだ調子の鼻歌が、音緒にとって帰宅の挨拶が悪いものではないということを示しているようだった。

「――これはすごいな」

テーブルに並んだ湯気を上げる美味しそうな料理を見て、樹は無意識に呟いていた。

「惚れ直したか？」

「惚れ直すというのは一度惚れていることが前提であって、俺はまず一度も惚れていないから該当しないだろう」

間髪《かんはつ》容《い》れずに生真面目かつデリカシーのない返答をしながら一品一品に顔を近付ける。庶民的で樹にはなじみがないものばかりだが、そのどれもが確実に食欲中枢を刺激してくる。

帰り際に「料理ができないわけではない」と豪語していた音緒の言葉は事実だったようだ。肉じゃがは具材も適度に柔らかく、味の染みた玉子やジャガイモは何度も咀嚼して味わって食べた。ほうれん草のお浸しも柚子の香りが絶妙に利いており、小鉢では足りなくておかわりしてしまった。

樹の発言で少しぶすくれていた音緒も、休みなく咀嚼を続ける樹を見るうちに大層誇らしげな顔になっている。

食事が終わると樹は冷蔵庫を開き、取り出した正方形の箱をテーブルに乗せる。小さなホールケーキの真ん中に、2の形の蠟燭を二つ並べて火を灯《とも》した。

「なんか、和食のあとにケーキってのも変な感じだな」

吹き消す直前になって照れくさくなったのか、そう一言言ってから音緒は炎に向かってふっと短く息を吹きかけた。

「改めて、二十二歳の誕生日おめでとう」

「……おう、ありがと。嬉しい」

照れ隠しに憎まれ口の一つでも零《こぼ》すかと思ったが、音緒は意外にもひどく幸せそうな顔で笑っていた。猫目の目尻が愛らしく垂れたその顔に見とれていた樹は、音緒がケーキを半分にカットしながら容赦なく真ん中のプレートと苺を掻っ攫《さら》っていったことにもしばらく気付かなかった。

食後の片づけは樹が買って出た。幼い頃から一人で作って一人で片づけてきた音緒は、他人が食事の後始末をするのは落ち着かないと苦笑していたが、彼は樹にとって被験者兼同居人であり、家政婦のようなことをさせるつもりはなかった。

食器を濯ぐ水音に混じって、ギターの音色が聴こえてきた。陽気なカントリー風のリズムに、思わず身体を揺らしたくなってしまう。

「本当にうまいな」

手を拭《ふ》きながらリビングへ入ると、カーペットに胡坐《あぐら》をかいた音緒がこちらを振り向いてフフンと笑った。

「だろ？　唯一の趣味だからな。中学時代に友達の兄貴が飽きたからってくれたアコギを独学で練習したんだけど、ジャズバーで演奏するバイトもしたことあるんだぜ。まあ、メンテナンスはあんまりできてないけど」

ジャカジャン、と楽しげにギターを鳴らす音緒の腕前が確かなものだということは、音楽に明るくない樹にも分かった。独学でここまで弾けるということは、きっと才能があるのだろう。

「もう人前では弾かないのか？」

「あー……いいんだよ。こうやって時間見つけて弦に触れてるだけで、余計なこと考えずに楽器に夢中になれるし」

言葉を濁す音緒に首を傾げつつ「それほどの実力を趣味でとどめておくには勿体《もったい》ないような気がするな」と心底感心している気持ちを伝える樹に、音緒は苦い顔で弦をつま弾く手を止めた。

「……人前で演奏すると、最終的に『オメガとギターをセットで』って感じで買い叩かれそうになるんだよ。かといってさすがに独学だけじゃ講師とかにもなれねえし」

気まずげに顔を逸らされ、樹はまた自分が失言をしたことに気付いた。

樹が総合病院からオメガ研究の道に多少揉めながらも進めたのは、家が裕福で十分な教育を施され、総合病院でもそれなりの給料を貰い、貯蓄も資格もあったからだ。出発地点から無一文だったら、どれだけ実力や才能があっても、その道に方向転換するのは容易ではないに決まっている。

「ったく、落ち込むと思ったから言わなかったのに。おい、横で崩れ落ちるんじゃねえ。あんたは俺を騒がしいって言うけどな、俺からしたらあんたの方が感心したり落ち込んだり、よっぽど騒がしいっつうの」

呆れたように言われ、音緒と出会ってから自分の感情が——三年前から凍《い》てついていたはずの感情が、かなりの振れ幅で動かされていることに気付いた。研究に没頭し、他のことはなにも目に入らなくなっていたはずなのに。

思えば音緒と出会ってから、自分がいかに狭い世界で生きていたのかを知った。理解の範疇《はんちゅう》を越えた人生を送ってきた音緒に、同居を開始してたった二日ですでに何度も反省させられている。

感情豊かで気まぐれな音緒の言動は読めないことが多く、加えて尊大でうるさいくせに弱さや傷を見せようとしないから、余計に危なっかしくて目が離せない。

知らぬ間に息を吹き返した自分の感情に頭が追いつかず、樹は小さく動揺した。

＊＊＊

「い、いってらっしゃい」

樹と同居を始めて二週間が経過した。多少慣れてきた見送りの挨拶で樹を送り出した音緒は、玄関で一人腕を組んだ。

――休日に俺を置いて外出とは、何様だ！

見えない尻尾をゆらゆらと揺らし、苛立った猫さながらの様子で音緒は廊下を歩き回る。

「ちょっとくらいなら一緒に出掛けてやってもいいかなとか思ってたのに、あの野郎！」

今日は音緒のアルバイトも休みだったので、昼間投薬のためだけに研究所へ行く音緒を樹は車で送ってくれた。

点滴による投薬を受けている音緒が今日も出勤の久利と世間話をしている間、軽くデータ処理を済ませてしまった樹は車で待ってくれていた。投薬の所要時間はトータルで三十分程度だったので、終わったらどこか二人で寄り道でもして帰ろうと思っていた音緒の期待を裏切って、樹は自宅に直行した。

きっと疲れているのだろう、今日は家でゆっくりするつもりなのだ。気落ちした自分にそう言い聞かせてリビングでミネラルウォーターを飲んでいると、樹は「三時間で戻る」と淡々と言い残し、呆気にとられた音緒を置いて風のように去っていった。

携帯で時間を確認。現在午後三時。

——三時間で戻るってことは、意外と近所かもな。この時間から人と会うならもっと時間がかかるし。十分くらい歩けば駅前に商業施設もあるし、買い物か？

同居初日の夜、運命について想いを馳せる樹の眼差《まなざ》しに魅せられてから、彼は音緒にとってまさしく運命の相手だ。

気付けば樹を目で追っているし、できるだけ一緒にいたいし、告白を流されてからも隙あらば不器用なアタックを続けている。胸に溢れる甘い感情は生まれて初めて感じたもので、自分でもどうしたらいいのか分からないから前進するしかないのだ。

一方、持て余している初恋とは別に、音緒はこの二週間で打ち解けてきた樹のことを人としても気に入っていた。

樹はエリート階級のアルファだが、オメガである音緒に対して欲情したり、逆に蔑んだりすることなく、一人の人間として接してくれる。

音緒の項にもあまり興味は示さない。それはそれで複雑だが、オメガを支配するためだけに項を狙うような輩ばかり見てきた音緒には、そこも紳士的で好ましく感じられる。

そのせいか家ではつい油断してチョーカーを外している時間が増えた。今ではチョーカーの鍵もリビングのキャビネットの上にぞんざいに放っておかれている。その鍵を使って自分のチョーカーを外してくれないかな、という下心がないこともないけれど。

——……やっぱり気になる。

クールな見た目に反して意外と打たれ弱く、エリートなのに悪いと思ったことには素直に謝り、音緒のことを知りたいと言ってくれた誠実な男のことが頭から離れず、音緒はベランダに走った。

きょろきょろと下を探すと、上質なグレーのコートを羽織った長身の背中が見える。

——あっちに歩いてるってことは、やっぱり車じゃない。だったら……。

急いでチョーカーをつけた音緒は、一張羅のコートを摑んで部屋を飛び出した。追跡開始だ。

樹の向かった方向へ急いで駆けると、見慣れた背中を発見。適度な距離を保ちながら信号を三つ、曲がり角を五つ。颯爽《さっそう》と足を進める樹が入っていったのは、音緒の予想通り駅前にある大型商業施設だった。

——なんだよ、買い物なら誘ってくれればよかったのに。

待ち合わせの気配がないのでデートではなさそうだ。小さく安堵しつつ暖房の利いた施設内に入ると、樹は一番端のエレベーターに直進していく。バレそうだから同乗はできないが、はぐれたら見失ってしまう。どうしたものか。音緒が右往左往しているうちに、エレベーターの扉は無情にも閉まった。

「くっそー、俺の尾行を撒くとは、なかなかやるじゃねえの」

樹にそんな気がないのは百も承知で一人悔しがっていると、背後から「映画館ならこっち乗ろうよ」というカップルの声が聞こえた。顔を上げた音緒が樹の乗ったエレベーターをよくよく見ると、それが最上階の映画館直通のものだという表示が目に入る。

「へっ、俺を撒こうなんざ百年早いっつうの」

復活の一人芝居をしながらエレベーターのボタンを押し、下ってきたそれに乗り込む。最上階で十数名の同乗者とともに吐き出された音緒は、すぐにチケットカウンターに並んでいる樹を発見した。

——なにを観るつもりだ？　ミステリーか？　医療ドラマの映画化もあるな。いや、海外アクションって可能性も……。

ひとまず自分も並んで、樹がなんのチケットを買うのか聞き耳を立てることにした。

「いらっしゃいませ」

「『ハリエットの大冒険3』を一枚お願いします」

「は!?」

カウンターの店員に樹が告げたタイトルは、少女ハリエットが魔法の世界を冒険する、本日公開の海外ファンタジーだった。しかもシリーズの三作品目。あまりの意外性に思わず声を上げた音緒に、樹が驚いたように振り返る。

「音緒、どうしてここに」

「……い、一緒に観てやってもいいぜ」

困惑する樹に適当な言い訳が浮かばず、音緒は強張ったドヤ顔を見せた。

金髪の少女と動物たちの奮闘を二時間ちょっと鑑賞したあと、樹がグッズ売り場へ向かっていくのを音緒は無言で見送る。

――えっ、パンフ買うの？　上映中もなんかぼんやりしてたし、退屈してるのかと思った。

映画など滅多に見ない音緒は新鮮さも手伝って楽しめたが、ウサギが喋《しゃべ》り出したりするようなあのふわふわした物語を樹が気に入ったとは思えない。第一、なぜこの映画を一人で観ようとしていたのかも謎すぎる。

「すまない、待たせたな」

パンフレットの入った手提げ袋を片手に歩いてきた樹が、不意に窓の外に目をやった。

「ん？　どうした……うわ、すげえ雨降ってる。傘持ってきてねえや」

「……俺もだ。通り雨だろう。どこかで時間を潰すか」

傘を買って帰ろうと言われるかと思ったが、樹の意外な言葉に音緒の顔がぱあっと輝いた。もともと今日は一緒に出掛けたいと思っていたのだ。初デート万歳《ばんざい》。音緒にとって願ってもない提案に迷わず頷く。

「ここ、色んな店が入ってるみたいだな。どこに行こうか――」

音緒の声を遮ったのは、ぐうぅ、と鳴った自分の腹の音だった。

「……下の階にレストランがある。食事にするか」

半笑いで言われ、顔に熱が集まるのを感じる。俊敏な動きで樹の背後に回り、恥ずかしさを隠すように広い背中をぐいぐいとエスカレーターの方へ押す。

「そんなに急がなくてもレストランは逃げない」

「うるせえ！」

平淡な口調で揶揄う樹に案内されて入ったのは、オーソドックスな洋食屋だ。

六時を過ぎて置かれたディナーメニューを見ながら、樹は鮭のムニエルを、音緒はオムライスを注文した。

鮮やかな黄色に輝く半熟卵がとろっと皿全体を覆うオムライスを見ると一気に空腹感が増す。ふわりと立ち上る湯気が鼻腔を擽《くすぐ》り、口の中に唾液が広がった。

「そういや、俺が投薬されてる薬って一体どういうもんで、いつ頃流通する予定なんだ？」

柔らかな卵にスプーンを入れながら尋《たず》ねると、前菜のサラダを上品に咀嚼していた樹が顔を上げる。

「薬の効能と原理については契約時に説明したはずだが……」

そうだっけ、と肩を竦めると軽く睨まれた。そして仕方ない、というようにナイフとフォークを置いた樹は落ち着いた口調で話し出した。

「簡単に言うと、現在普及している発情抑制剤というのは、効果が強いほど使用を続けるうちに徐々に体内に抗体ができる。それによって薬が効きにくくなり、より強い薬を求めることで副作用が出るようになる。もちろん弱い抑制剤であればそのような事例も少ないので、症状が軽い人はさほど気にしなくていい。だがヒートが重い人だとどうしても強い薬を使わざるを得ないし、そうすると抗体の生成も加速するという悪循環が生まれる」

なるほど、たしかに音緒ももともと抑制剤があまり効かないほどの重めな体質だ。年々錠剤の服用数を増やしても効果を感じなくなってきているのは抗体とやらのせいだったのか。納得しながらもぐもぐしている音緒に、樹は真剣に続ける。

「今回開発された新薬は、まず増加した抗体を体内で初期化する。その上でオメガのホルモン分泌を安定させ、無用な抗体が生成されないように身体を作り替える。フェロモンを司《つかさど》る器官にピンポイントで作用するので、心臓や血流に副作用を起こす危険性もない。この臨床試験でそれが証明されれば、数年後にはオメガ治療を専門にしている病院などに普及するはずだ」

ぺろっと完食したオムライスの皿を前に「ふーん」と微妙な返事をすると、樹は訝しげに目を眇めた。

「ふーんって、他人事ではないだろう。音緒だって随分抗体ができていたし、副作用もひどいはずだ」

「いや、まあそうなんだけど……オメガ治療の専門医院って保険適用外だし、不妊治療なんかと比較してもすげえ高額なんだろ？　正直、俺みたいなのには縁がないなって」

つい正直な感想を漏らすと、樹は顎に手を当てた熟考ポーズのまま固まってしまった。

「あっ、でもあんたと久利さんが頑張ってきたのはすごいと思うし、協力は惜しまないぜ」

考え込んでしまった樹をフォローするように付け加えた音緒は、空気を変えたくてメニューを開き、食後の飲み物を注文する。

やがて運ばれてきたココアを啜《すす》りながら、ブレンドコーヒーをぼんやりと見つめる樹を上目に盗み見る。

――またあの瞳だ。

落ちてくる雨の雫をただ茫然と眺めているような、心ここにあらずという表情。一緒にいるのは音緒なのに、まるで心は別の場所にあるような、そんな顔。

初めて会った日に同じ傘の下で歩いたときも、引っ越しの日に傘を返そうとしたときも、今日映画を観ていたときも、樹は同じ瞳をしていた。

休日を一緒に過ごせて楽しかったはずなのに、音緒はまるで一人でいるような感覚になった。嬉しさ以上に、なぜか寂しかった。


食事を終えると雨はやんでいた。夜になって気温はさらに低くなり、今夜は雪の可能性もあると大型ビジョンの天気予報が伝えていた。

帰宅した音緒は自分でも説明しがたい複雑な寂しさに包まれたまま、ベランダで空を見上げる。

「あ……」

視界に白いものがひらひらと映り込んだ。雪だ。初雪だ。天気予報は的中だ。まだ十一月なのに、今年は随分早い。

「雪だ！　おい樹、雪が降ってる。ベランダで一緒に見ようぜ！」

世界中の寂しさを紛らわすようにキラキラと降り注ぐ雪を樹にも見せたくて、音緒はノックもせずに樹の部屋に飛び込んだ。

ハッと顔を上げた樹に、部屋には入るなと言われていたことを思い出す。

「あっ、わりぃ――って、なに、このプレゼントの山……」

初めて入った樹の部屋にはシンプルなベッドとサイドテーブル、パソコンの乗ったデスクが一つ。壁面の本棚には医学書が整然と並び、色はモノトーンで統一されている。

そんな部屋の片隅に積まれた、淡いオレンジ色の袋でラッピングされた大小様々な袋。その一角だけが完全に異質だった。

袋はメリークリスマスと書かれたリボンやハッピーバースデーのシールで飾られており、それがいくつも重なったまま放置されている。プレゼントに埋もれるようにして大きなウサギのぬいぐるみがこちらを見ていた。

まるでそこだけ時間が止まったような空間に、音緒は茫然として樹を見た。

「……部屋に入るときはノックくらいしろ」

諦めたように溜息を吐いてこちらを向いた樹の手には、今日買った映画のパンフレット。ベッド脇のサイドテーブルには、第一弾からのパンフレットが綺麗に揃って置かれている。

その脇に小さな写真立て。フレームの中で亜麻色の髪を揺らして幸せそうに微笑んでいるのは、美しく儚げな青年。大きな垂れ目に、身体の細さが伝わってくる柔らかそうなカーディガンを着ている。気品溢れる知的な面立ちは、勝ち気な音緒とは別の生き物のようだ。

「それ、誰……？」

多分、聞かない方がいい。足元が崩壊するような不安に駆られながら、それでも問わずにはいられなかった。

「俺の魂の番、だった」

樹がぽつりと放った一言で、音緒の頭は真っ白になった。

「母親が総合病院の関係者のアルファ女性との見合い話を持ってきて、橙也《とうや》は──彼はその女性の弟だった」

見合い相手のついでに紹介された橙也と樹は、出会って数秒で恋に落ちたという。眩暈《めまい》がするようなフェロモンの呼応に二人してその場で発情しかけたが、橙也が機転を利かせて体調不良を装い、なんとか事なきを得たらしい。すぐにでも抱いて自分のものにしてしまいたかったが家の問題もありなかなかそうはいかなかったと苦笑され、音緒はなにも言えなかった。

良家のオメガである橙也は教育も十分に施され、中でも最も得意としていた語学力を活かして海外小説の翻訳などを仕事にしていた。

周りの目を盗んで会い、互いの人となりを知るうちに、樹は読書家で物知りな橙也の人間的な部分にも惹かれていった。

しかしオメガに強い偏見を持つ母親にはなかなか言い出せず、アルファ女性との見合い話は保留にしたまま二人は隠れて逢瀬《おうせ》を重ねた。

樹はそれまでオメガ差別の激しい家族に囲まれ、樹自身は差別意識を持った悪者になりたくない気持ちもあってオメガに対して無関心を貫いてきた。

家族にとっては卑《いや》しい存在であり、自分にとってはよく分からないものであったオメガという存在。電撃のような恋に落ちたとはいえ、すぐにオメガと結婚したいなどとは言えない立場にあったらしい。

「出会って三カ月目は、ちょうどクリスマスだった。それまでイベントごとなど気にしたことはなかったのに、俺は馬鹿みたいに浮かれていた」

樹は埋もれたウサギのぬいぐるみを慈愛に満ちた表情で見つめた。

「海外の小説が原作のファンタジー映画を観たいと彼が言ったから、ハリエットの大冒険の第一弾を一緒に観て、続編が日本で公開されたらまた観に来ようと約束をした。劇中でハリエットの相棒役だったウサギの巨大なぬいぐるみを買って渡すと、これで夜が寂しくないと言って嬉しそうにそれを抱きしめていた姿が今でも目に浮かぶ」

そんな橙也を見て、樹は明日にでも母親に本当のことを打ち明け、彼をずっと守っていこうと誓ったという。橙也のことを語る樹の愛に溢れた声色に、音緒は唇をぐっと噛みしめる。

「映画が終わると雨が降っていて、それを口実に二人で入れる傘を買って街を歩いた。車で来ていたのに、駐車場に置いたまま。子どもみたいだろう？　でも彼と同じ傘の下で歩いたのは、その一回だけだった」

「どうして――」

あの日、差しかけられたパステルオレンジの傘が脳裏に浮かんだ。樹に似合わないあの色は、きっと橙也という名前にちなんで買ったのだろう。

傘を返そうとした音緒に、もう必要ないと言って返却を拒んだ樹の虚ろな瞳を思い出し、音緒は指先が冷たくなるのを感じた。

「その日の帰り、常用していた発情抑制剤の副作用による心臓の肥大化が原因で彼は帰らぬ人となったから。俺は専門が免疫系とはいえ医者だったというのに、それまでオメガという存在自体に無関心だったばっかりに、オメガの薬剤のことや彼がどんな治療をしていのたかすら知らなかった。医者として最低限の応急処置はしたが、彼は俺の腕の中で息を引き取った」

橙也は発情期の不順でオメガ治療の専門医にかかっていたが、その日は発情期でもなんでもない普通の日だったにもかかわらず、もともと弱かった心臓が薬の副作用に耐えきれなくなったらしい。

自分がもしオメガ治療について知識を持っていたら、もし僅かな症状でも見逃さずに適切な処置ができていたら、橙也は死なずに済んだのではないか。

いくら後悔しても、もう橙也は戻ってこない。そんな現実から目を背けたくて、樹は保留にしていた見合いを完全に白紙に戻し、実家の総合病院も辞めた。そして伝手《つて》を辿り、オメガ研究を専門にしている久利のもとで研究に従事するようになった。

「薬の開発が成功したことは素直に嬉しいし、これで橙也と同じように苦しむオメガを救える喜びは何物にも代えがたいとは思う。しかし、どうやったって橙也はもう帰ってこない。いくら研究に没頭したところでその現実に打ちのめされる」

樹は組んだ両手を固く握り、自嘲《じちょう》するように音緒を見つめた。

「音緒を好きになれたら、どれだけいいだろう。でも、無理なんだ。こんなにつらい思いをするくらいなら彼と出会ったこと自体を忘れてしまいたいとすら思うのに――」

目を伏せた樹は、次いで写真立てを見つめた。

音緒は気合を入れ直すように拳をぎゅっと握った。真っすぐに樹を見据えて口を開く。

「……バッカじゃねえの。忘れてどうするよ。いいか、人間が嫌なことやつらいことだけを忘れるようになったら、世の中終わりだっつうの。俺はそんな樹は好きじゃない」

人は、過去の過ちや悲しみを抱えて生きていくものなのだ。どんなに痛くても、自分の好き勝手に不都合な記憶を忘却することなど許されない。

それが樹に愛を教えてくれた人なら、なおさらだ。悲しみを忘れるのと同時に愛を忘れてしまうのは、樹にとって、きっととてもつらい。

けれど本当は、忘れてしまえと言いたかった。いなくなってしまった過去の運命の相手など忘れて、自分だけを見ていてほしい。

喉まで出かかった言葉を飲み込んでぶっきらぼうに言うと、樹は端整な顔を歪めて俯いた。

「俺は、音緒みたいに強くない」

「……だったら、逃げればいいんだよ」

「逃げる？」

樹が意外そうにこちらを向いた。音緒は目を閉じて、思い出すように続ける。

「重たい荷物みたいな記憶抱えて、土砂降りの雨みたいに悲しみが降ってきてしんどくなったなら、荷物は捨てずに持ったままどっかで雨宿りすればいい。気休めでも差し出された傘の下で前を向いてみると、意外と気分が晴れて『もういっちょ頑張ってみよう』って思えるもんだぜ？」

自分が、そうだったから。漠然とした不安の中で、パステルオレンジの傘を差しかけてくれた樹に救われたから。

雨どころか雹《ひょう》に降られっぱなしのような音緒の人生を理解したいと言ってくれた樹は、音緒にとって紛れもない、大切な人だから。

「傘くらい、俺が差しかけてやるからさ」

「それでは音緒が……君にそこまで迷惑はかけられない」

「俺はそんなにヤワじゃねえよ。それにあんたを諦めるわけじゃねえ。俺が樹の運命の相手じゃないなら、運命なんかどうでもいい。そもそもそんなもんに負ける俺じゃねえし」

口角を上げ、不敵に笑って見せる。声が震えないように、腹に力を入れて。

「ただ、今は恋愛どころじゃないみたいだから一時休戦だ。あんたが前を向いて歩けるようになったらアタック再開するから覚悟しとけよ」

ぽかんとした樹の頭を優しく撫でてみる。普段自分より高い位置にある髪に触れるのは、なんだかとても不思議な感じがした。

「ほら、疲れただろ。今日はもう寝ちまいな」

「……音緒には本当に敵《かな》わないな」

柔らかく笑いかけてやると、樹は小さく笑って目を閉じた。

ふと思いついて、音緒は自分の部屋からギターを持ってくる。樹のパソコンデスクの前の椅子に座って脚を組み、適当に弦の上で指を遊ばせる。

やがてメロディが紡ぎ出される。テーマは雨あがり。愛を知って、愛を失った樹を涙雨から守るように。構成も深く考えず、気ままな即興演奏をつま弾く。

次第に規則正しい寝息が聞こえてきて、楽曲もそれに合わせてフェードアウトした。

今日はきっと昔のことをたくさん思い出して疲れたのだろう。以前樹が褒めてくれたギターで、少しでも彼の心を安らかにできただろうか。

ことりと小さな音を立ててギターを抱え直した音緒は、樹の部屋を出た。扉を閉めた瞬間、頬に生温かい雫が流れるのを感じた。

——俺じゃなかった。

樹の魂の番は、自分ではなかった。そして彼は今もなお、亡くなった人のことを想っている。

きしきしと音を立てて壊れそうな胸を押さえながら思い浮かべたのは、樹が同居して最初の夕飯のときに見せた、あの愛に溢れた表情だった。

『運命か……。そういうものも、あるんじゃないか』

あの瞬間、自分は恋に落ちた。あの日から樹を見るとドキドキするようになった。運命を語るときに見せたあの慈しむような眼差しを向ける相手が自分であればと願っていた。

初めての恋だった。なのに惚れたきっかけとなる表情が、他の誰かを想う顔だったなんて。人生は笑えるくらいうまくいかない。

――あの視線は、別の人のものなんだ……。

いなくなってからも、樹の心を縛る人。自分と同じオメガでありながら、似ても似つかない綺麗な人。知的で繊細で儚げで、一目見て守ってあげたいと思わせるような美しい人。

「……甘いもん食べよ」

寂しいからだろうか。急にチョコレートが食べたくなった。

コンビニへ行こう。カットソーの袖口で涙に濡れた頬を乱暴に擦り、コートも着ないでマンションを飛び出す。

樹から借りたままのパステルオレンジの傘は使う気になれなかった。あれは自分のものではない。頭にひらひらと雪が積もる。かなり寒いけれど、火照《ほて》った目元にはちょうどいいかもしれない。

ジーンズのポケットに両手を突っ込んで、音緒は足早にコンビニを目指した。

頭に乗った雪を払いながら「らっしゃーせー」とやる気のない店員の声に迎えられてコンビニに入る。

「――音緒くん？　どうしたの、こんな時間にこんな薄着で」

聞き慣れた声に振り返ると、雑誌コーナーから久利が駆け寄ってきた。そういえば近所に住んでいると言っていたっけ。

「へ？　あ、久利さん。なんか急にチョコ食べたくなっちゃって」

そう言った音緒を、久利はひどく心配そうな顔で見つめてきた。壁に掛けてある時計を見ると十一時。たしかにチョコのためだけに雪の中、傘も差さずコンビニに来るのは少し妙だったかもしれない。

「目と鼻が赤い……泣いてた？」

眉間に皺を寄せた久利の手が頬に添えられる。

「はあ？　俺が泣くわけないだろ。これは外が意外と寒かったから……」

言い終わる前に、ぽろっと涙が落ちた。突然の落涙に驚いたのは久利だけでなく、音緒自身もどうしたらいいか分からない。

「どうしたんだよ……点滴中は『今日は休みだしデートできるかな』とか言って楽しそうだったじゃない。いっちゃんになにかされた？」

「ち、ちが……っ、なんか、雪が目に……」

ぽろぽろと音緒の白い頬を涙が滑り落ちるたびに、それを見た久利は苦しげに眉を寄せる。音緒はすぐに唇を噛んで涙を堪え、ごしごしと目元を擦る。

「あぁ、もう、なんで我慢するかな」

音緒の手を掴んだ久利はそのまま店を出て、駐車場に駐めていた自分の車の助手席に音緒を座らせた。

無言で暖房を入れた久利は、しかし車内のライトはつけなかった。まるで泣き慣れていない音緒を、ちゃんと泣かせてくれようとしているみたいに。

「大丈夫だよ、大丈夫」

暖かい車内で俯いた頭を優しく撫でられて、ぐしゃぐしゃになった心がゆっくりと解れていく。

音緒は気付くとぽつりと独り言のように呟いていた。

「久利さん、樹がどうして総合病院を辞めてオメガ研究センターに来たか知ってる？」

久利が一瞬息を呑んだ気配が伝わってきた。逡巡するように数秒間動きを止め、やがて諦めたように小さく溜息を吐いた。

「過去にオメガの恋人を抑制剤の副作用で亡くしたから――だったかな。オメガ医療未経験から研究所に入りたいと志願されたときに、大手総合病院を辞めてまで僕の研究室で働きたい理由はなんなんだろうって思って聞いただけだから、それ以上のことは知らないけど」

樹はもともと免疫系を専門としており、その内容は突き詰めればオメガ医療に応用できる部分もあったらしい。アルファの才能と本人の勤勉さも手伝って、樹は目にもとまらぬ速さで久利の右腕にまで伸し上がったという。

とはいえ三年で専門外の領域を学び、成果を上げるなど並大抵の努力ではできまい。樹のそれは、もはや執念といっても過言ではない。

「うん、それ、今日聞いた。魂の番だったたって。写真見たけどすげえ綺麗な人でさ。頭もよくて、上品そうで、本当に同じオメガかってくらい、俺とは正反対で」

おそらく家庭内でも立場上優遇まではされないにしろ、しかるべき保護と教育を受け、オメガの学級や雇用制度を活かして不自由なく生きてきた、樹と釣り合うような存在だったのだろう。

「……俺、樹のことが好きだった。同居初日の夜から、運命の相手だって勝手に勘違いして騒いで……なのに実際は運命でもなんでもなくて、挙げ句ライバルはこの世にいない上に魂の番なんて、難攻不落すぎて笑っちまうよな」

あはは、と無理に明るく笑った声は痛々しいくらい震えてしまった。聞いていられないというかのように、久利にきつく抱きしめられる。息もできないくらいの抱擁《ほうよう》を、しかし音緒は抱き返せない。他人に縋ったことなどないし、縋り方も分からない。行き場のない手をただただ膝の上で固く握っている。

「ほんっと、強がり……」

音緒がぐすっと控えめに鼻を啜ると、久利はもどかしそうな声で呟いた。

そしていつまで経っても身を預けてこない音緒に、久利は抱きしめる力を不自然なくらいに強めながら蜂蜜色の髪を右手でぐしゃぐしゃに掻き混ぜた。

「う、うわ、なにすんだよ！」

「んー？　年下が泣いてたら、いいこいいこしてあげるのがお兄さんの役目でしょ？　ほーらいいこいいこ。いっちゃんの魂の番じゃないならさ、僕の番になってみる？」

いつも通りチャラさ全開で口説き文句を並べられ、腕の中で「うぜえ！」と暴れていた音緒はついにぷっと噴き出した。

「番って、久利さんベータだろ。口説くにしたって適当すぎる！　はあ――くだらなすぎて、なんか元気出てきた」

瞳はまだ少し濡れているが、いつもの勝ち気が戻ってくるのを感じる。

「大体、樹のことだって諦めたわけじゃねえし」

ふふんと偉そうに言うと、今度は久利が目を丸くした。

「え、諦めないの？　いっちゃん、今でも昔の恋人のこと忘れてないんでしょ？」

「ヘッ、運命なんかに屈するような俺じゃねえし、樹に過去を忘れてほしいわけでもねえ。けど、樹はいっぱい悲しい思いをしてきたから……だから一時休戦。まずは、俺は樹を悲しみから守る傘になる。そんで樹が歩き出すことができたら、勝負再開だ」

男らしく言いきった音緒に、久利は開いた口が塞がらない様子だ。呆気にとられたその顔が、一瞬心配そうに歪み、すぐに見慣れた微笑に変わる。

「……そっか。じゃあ僕は、可愛い音緒くんの恋を応援しちゃおうかな――って、音緒くん？　どうした？」

暗闇で久利の顔がぼやけ、音緒の身体が徐々に前に倒れていく。気付くとダッシュボードに凭《もた》れかかっていた。全身が熱くて、息が苦しい。

「なんか、身体熱い……ヒート……？」

「あ……チョコレート……音緒くん、急にチョコが食べたくなったって言ってたよね？　そうか、ヒート前に身体が糖分を欲するのはよくあることなのに……気付かなくてごめん」

朦朧《もうろう》としながら呟いた音緒の額に手を当てながら、久利は苦い顔をしている。じっとりと汗ばんだ音緒に触れる久利の手が冷たく感じる。

「どうしよう、すごい熱だ。投薬で周期が早まったにしても、こんなに急になるなんて……いっちゃんに荷物持ってこさせるから、研究室に行こう。ヒート期の計測用に宿泊できる部屋を用意しているから」

すぐに携帯を取り出した久利は、珍しく樹に声を荒らげながら、アルファ用の抗フェロモン剤を摂取して宿泊準備の品を持ってくるよう指示を出していた。慌てた樹がものの数分でコンビニの駐車場に駆け込んでくる。こういうとき家が近所だと便利なものだと頭の片隅で暢気に思った。

「音緒くん、いっちゃん来たから後部座席に行こう？　いっちゃん、荷物を助手席に置いて、後ろで音緒くんをお願い」

久利は運転する自分の隣にいるより、後部座席に樹と二人でいる方が心細くなくていいと判断したらしい。すぐに樹に音緒を運ばせ、二人が並んで座ったのを確認するとアクセルを踏み込んだ。

「う……はぁ……っ」

「音緒くん、きつかったらいっちゃんに寄りかかりな。いっちゃん、多分振動がつらいだろうから、身体支えてあげて」

久利に言われて、樹の腕が音緒の背中に回った。支えられていても、僅かな刺激に身体は過敏に反応する。浅い呼吸をしながら、みっともない声が出ないように奥歯をぐっと噛みしめる。長身の樹に華奢な身体をすっぽりと包まれながら、音緒は自分の服の胸元を握りしめて震えた。


研究所に着くと、早速計測室に運び込まれた。久利が樹の背中にぽんと手を置くのが視界の端に映る。

「いっちゃん、ありがと。計測器つけるのは僕がやっとくから顔洗ってちょっと休みな。これから交代で泊まりになるし、序盤で疲弊《ひへい》すると一週間もたないよ。休めるときに休んでおかないと」

樹はヒートを起こした自分を、車中ずっと密着した状態で支えてくれた。自宅を出る前に緊急用の抗フェロモン剤を飲んできたとはいえ、ヒートのオメガと間近で接するなんて、樹だってつらくないはずはなかっただろう。

樹は表情を変えず頷いて洗面所に向かった。

「さてと……音緒くん、服、替えようね。デニム窮屈《きゅうくつ》でしょ。脱がすけど、暴れないでね」

数値に影響のないという軽い鎮静剤を飲まされ、計測室のベッドでぎゅっと丸くなっていると、カットソーを上に引っ張って脱がされる。

「ん……っ」

上気した肌に赤く色づいた乳首がつんと尖っており、脱衣の際に擦れて思わず声が出た。久利は気まずくなったのか一瞬狼狽えたように目を逸らしたが、すぐに気を取り直してズボンのベルトに手をかけてきた。ベルトをゆっくり抜き取られ、ズボンの前を寛げ、片脚ずつ丁寧に脱がされる。

「う……やだ、見るな……っ」

羞恥のあまり拒むように身体を揺すってみたがまったく力が入らず、身体が言うことを聞かない。膝をもじもじさせる自分の下着は、きっと前も後ろもぐちゃぐちゃに濡れている。車の振動に耐えきれず、何度も達してしまったから。

「……つらかったよね、ごめん。これ着て、下着も脱ごうね」

久利はまるで自分のことのように苦しげに言いながら、真っ白な浴衣型の入院着を音緒に羽織らせ、閉じようとする脚を持ち上げて下着を取り去る。

「あっ……ふぅぅ……っ」

入院着の前をはだけたまま荒い呼吸を繰り返す音緒の性器はまだ張りつめている。ヒートのときはいつもこうだ。ひたすら一人乱れるしかない。こんな姿を人に見られるなんて、情けなさで視界が滲《にじ》む。

居ても立っても居られないという顔のまま、久利は小さく喘ぐ音緒から身体を一旦離し、室内の照明を消すと再びこちらに来て今度は添い寝するようにベッドに横たわった。

「嫌だと思うけど、ごめんね」

「あっ、うそ、触んな……っ、そんなことしなくていいっ」

久利は音緒を前から抱きしめ、入院着の前から小ぶりな性器を取り出して優しく扱《しご》き始めた。

「ごめん、でも多分出した方が楽になるから。医療行為だと思って我慢して」

「あっ、あっやだっ、俺、またいく……っ」

数回扱いただけで、音緒はびくんと身体を震わせて達した。しかしすぐにまた性器が硬くなってくる。前も後ろも切なくて、そんな浅ましい自分が嫌になる。

音緒が生理的な涙で頬を濡らしながら極まるたびに、その細くて憐れな身体を久利は無心で抱きしめてくる。暗闇に目が慣れてきて、久利の衣服が自分の出した精液で汚れていることに気付いた音緒が謝ろうとすると、それを遮るように柔らかい髪の毛を飽きるほど撫でられた。

やがて鎮静剤が効いたのか、音緒はうとうとし始めた。

「音緒くん……」

「ん……あ、ごめん……」

名前を呼ばれ、身体を離そうとした久利のシャツを自分が摑んでいることに気付く。慌てて手を離すと、不意にその手を摑まれる。

「ねえ、音緒くん。臨床試験、つらいようならやめようか？」

部屋を見回して久利は言った。

「この部屋は宿泊のための簡単な家具もベッドもあるし、準備は万端だと思ってた。けど、実際に君を運び込んで自分の考えの甘さを知った」

ここは被験者の変化を確認するため、ひとたび部屋の明かりをつけてしまえばマジックミラーのように外から観察できるように作られている、いわば動物実験用の檻《おり》のようなものらしい。

「君にこんなことをさせられない。ヒートだって普段より早く、それも急激に来たことで苦しませちゃったし……」

自分以上につらそうな顔で言われ、音緒はこの男が自分を心底心配しているのだと感じた。しかし中止の提案には首を横に振り、泣きはらした目で久利を真っすぐ見つめる。

「やめねえよ。別に、このくらい平気だ」

「平気なわけ――」

「それに、この実験、樹にとっても大切なものなんだろ。だったら、やる。成果が出るまで、死んでもやめねえ」

朦朧としながらも口端を上げて不敵な笑みを浮かべると、久利の方が泣き出しそうな顔になった。変な奴。でもなんだか安心する。父親とか、兄弟とか、親身になってくれる家族ってこんな感じなのかな。

そのまま眠りに落ちていく途中で、彼が音緒の身体を綺麗に拭いて、計測用の装置をセットするのをうっすらと感じた。それらが終わっても、気配はいなくならない。ぼんやりとした意識の中、手を握られているような温もりを感じた。それはずっと、朝まで続いていたような気がする。

＊＊＊

明け方になってようやく、計測室の隣の観察室に久利が入ってきた。結局一睡もせずこの部屋で音緒の身を案じていた樹は、久利の淹れたコーヒーを無言で受け取った。

「……いっちゃん、おはよ」

「……おはようございます」

言葉少なに交わした挨拶から感じたのは、疲労と困惑と、少しの敵意。手持ち無沙汰で啜ったコーヒーは、とびきり苦かった。

「樹、おはよう。今日は晴れだぜ！」

早朝から勢いよく自宅マンションのカーテンを開けながら、投薬後初の発情期を乗りきった音緒が振り向いた。

「……おはよう」

あまりにもいつも通りな姿に樹がぽかんとしていると、音緒は「俺が朝日より輝いてるからビビってんのか？」と見慣れたドヤ顔。

被験者の観察すら満足にできなかった自分に対して、音緒は怒ってはいないのだろうか。

樹は音緒の顔色を盗み見るが、彼は相変わらず野生の猫のように勝ち気な瞳で冷蔵庫を漁っている。

一週間前、音緒が急な発情期に入る直前まで樹は彼と一緒にいた。それなのに亡くなった橙也と観るはずだった映画の続編で過去を思い出し、自分のことでいっぱいいっぱいになっていた樹は、音緒の身体に変化が生じていたかどうかも分からなかった。

音緒に橙也の話をしたあの夜、ギターの音を聴きながら眠りにつくまで、樹の脳内では音緒の言葉が何回もリフレインしていた。

今まで周囲からは「過去は忘れて前に進め」と言われるか、そうでなければ「過去から逃げるな、乗り越えろ」と言われるかのどちらかだった。しかし音緒は「過去を忘れないために、ちゃんと逃げろ」と言った。

なにも捨てずに雨宿りして前を向いて「もうちょい頑張ってみよう」を繰り返す。そんなふうに考えたことはなかった。

そんな彼の強さに感心しながらひと眠りしたあと、久利から音緒がヒートに入ったという知らせを受けた。慌てて指定された近所のコンビニの駐車場へ駆けつけると、音緒がひどくつらそうな様子で震えていた。なぜ深夜にコンビニに行こうと思ったのかは分からない。不甲斐《ふがい》ない樹を見て幻滅し、気晴らしに出掛けたのかもしれない。

久利の車の後部座席に運ぶために音緒の身体を持ち上げたとき、そのあまりの軽さに驚いた。強くて逞しい彼は、こんなに華奢だったのか。

抗フェロモン剤は服用してきたものの発情期のオメガのフェロモンは相当なもので、車内で細い身体を抱き寄せたときは軽く眩暈がした。しかし発情が誘発される余裕もないほどに、音緒の意志の強い瞳がきつく閉じられ、どれだけ抱きしめても一人で震えている姿に焦燥感《しょうそうかん》ばかりが募った。

計測室に横たわった音緒を置いて洗面所へ向かい、濃厚なフェロモンにあてられてくらくらする頭を冷やして戻ると計測室の照明が消えていた。なにをしているのかは見当がついた。発情期に熱を溜めすぎるのはかえって危険だ。久利はあくまで医療行為として音緒の熱を解放してやっているのだろう。

樹は仕方なしに隣室に入った。計測室が暗いので、マジックミラーになっている小窓からも音緒たちの様子は見えない。

時折音緒の啜り泣くような喘ぎ声が聞こえた。なにを言っているかまでは分からないが、それを慰める久利の声も。室長に任せておけば大丈夫。鎮静剤も投与したし、軽薄だがオメガ贔屓《びいき》な久利が音緒にひどいことをするはずがない。頭では理解している。なんの心配もないはずだ。

それなのに抱き合う二人を想像した途端、ガンと頭を殴りつけられたような気分になった。痛い。なにが、どうして、どこが——なにも分からないけれど、人生で味わったことのない痛みが樹を襲い、胸にむかむかと黒いものが湧き上がってきた。

この感情は一体なんだ。

久利から引きはがして、自分に縋りつかせたいと思ってしまうこの感情は一体——。

「——なあなあ、朝飯どうする？　ハムエッグでいい？　それとも焼き魚とかの方がいい？

「……樹？」

突然肩を揺すられハッとした。

目の前にいるのは頭の中を支配していた弱々しい音緒ではない。どちらかというとふてぶてしい態度で「聞いてんのか？」と言ういつもの音緒だ。

「え、あ、ああ……悪い、考え事をしていた。それより体調は大丈夫か？」

樹は自分の頭の中が音緒でいっぱいになっていたことに動揺しながらそう言うと、音緒は寂しげに眉を下げた。

「お、おう。初日は急激に来てビビったけど、三日目くらいからはいつもより全然楽だった。あんたらの研究、すげーんだな！」

すぐに取り繕うようにニカッと笑った音緒は、どこにも異常がないことをアピールするようにその場で一回転した。一瞬見せた表情が気になったものの、顔色は良好で体調はすっかりよくなったようだ。おそらく体内の成分が正常に入れ替わったのだろう。試験は順調と言える。

しかし今樹の頭を占めているのは、臨床試験のことよりも音緒自身のことばかりだった。

——こんなわけの分からない感情、俺らしくもない。睡眠を削りすぎたか。

ここのところ、樹は新薬の普及についての課題解決案に時間が許す限り没頭していた。

今回開発した新薬はコスト的な問題もあり、当面はオメガ治療の専門病院へ流通させるという方針で進めていた。久利はいずれ一般に普及させられるようにコスト面や運用方法も改善していきたいと話していたが、樹としては専門医院で治療を受けられるようになるなら、一般化は急ピッチで進める必要はないとすら思っていた。

しかし音緒の弱った姿を直視してから、もっと一般普及が必要だという思いが日ごとに強くなってきた。可能な限り早く、専門病院に通う資金がないオメガにも同様の治療を行えるようにしたかった。

「樹？　なんだよ、ぼんやりして」

「ああ……すまない。朝食だったな。ハムエッグで頼む」

「……やっぱりしんどいもんだな、あの人のことで頭いっぱいな樹見るの」

「音緒？」

「っ、なんでもねえ。朝飯作るから、さっさと顔洗ってシャキッとしてこいよ」

音緒にしては珍しく口の中で呟くような声に聞き返すと彼はすぐに表情を戻し、活を入れるように樹の背中をバシッと叩いた。


それから毎日、音緒は驚くほどいつも通りだった。あの夜の情けない樹の態度にも、橙也のことにも一切触れてこない。宣言通り一時休戦なのだろう。なんてさっぱりした性格なんだと感心してしまう。

あれだけ運命の相手だと騒いでいたのに、自分がそうではないと知って傷ついている様子もない。もう運命など気にしないしそんなものには負けないと強気に言っていたが、本当に気にしていないように見える。その強さに、やはり彼には敵わないと羨望し、ついその好意に甘えてしまう。

このままではいけないと思いつつ、彼がくれる居心地のいい日常をどうしても手放せそうにない。

なによりヒートの夜から距離を置こうと思っていた樹に変わらずうまくできた料理を誇らしげに自慢してきたり、掃除中にリビングのキャビネットにぞんざいに置いていたチョーカーの鍵を床に落としてそのまま掃除機で吸って大騒ぎしたり、音緒は近くにいても放っておいても毎日百面相で呆れるほど賑やかだ。

騒がしい音緒と、呆れながらも振り回される樹。二人の関係は変わらない。

——今夜の夕飯はなんだろう。

仕事を終えて帰り支度をするとき、そう考える習慣がいつの間にかできていた。

音緒の料理はおいしい。失敗したのは最初だけで、樹の家のキッチンに慣れるとみるみる感覚を取り戻したように温かな家庭料理を振る舞ってくれた。最初に和食が好きだと言った樹に合わせてか、メニューは和食が中心だ。

出汁から作ってみたというお吸い物があまりにおいしくて褒めたら、音緒はそれ以降、顆粒出汁やめんつゆの類を使わなくなった。

先日はうどんつゆも出汁から作っていた。大変だろうと思い、キッチンで鼻歌を歌う彼の背後からめんつゆを使えばいいと言ってみたが、人に食べてもらう料理を作るのは楽しいから邪魔をするなと一蹴され、リビングに追いやられてしまった。

そんな音緒に付き合う形で、樹は初めてスーパーの特売という名の戦場も体験した。同居開始当初から十分な食費を渡しているのに、音緒は近所のスーパーで特売があると飛んでいってしまう。あの戦場に仰天《ぎょうてん》した樹はものの数秒で敗残兵になってしまったが、戦利品を引っ提げて無事にレジを通過した音緒がこちらに向けた得意顔はなんだか可愛かった。

食品や生活用品のセールに敏感なので買い物が好きなのかと思い、普段の手料理の礼も兼ねて服でもプレゼントしようかとショッピングに誘ってみたら「なんで、めんどくせえ」と素っ気なく断られた。服も雑貨もほとんど持ち込まなかった音緒だが、特に増やす気もないらしい。猫並みの気まぐれに、ひと月一緒に暮らしても相変わらず読めないものだと苦笑した。

変わったこともある。毎晩食後にギターを弾いてくれるようになった。

リクエストすればなんでも弾いてやると言われ、ギターの曲は知らないと返すと、好きなイメージを言ってくれたら即興で作ると言って本当にその場でインストゥルメンタルを作ってくれた。樹には到底真似できない芸当に目を瞠《みは》ると同時に、音緒の奏でる音色はとても静かで穏やかなことに気付いた。三年前、あの雨の聖夜に止まってしまった時間の向こうを見つめ続ける樹を優しく包んでくれるような、そんな音色。

本人の喧《やかま》しさとは随分対照的だと思う反面、もしかしたらこれが本当の音緒なのかもしれない。心のどこかでそう思った。

変わったことがもう一つ。樹は自宅のベランダが少し嫌いになった。

「はい、もしもし——あ、久利さん。どうしたよ。俺？　今リビングでまったりしてるとこ。なに、月？　うわ、ほんとだ、めっちゃ綺麗に出てる！」

携帯を片手にベランダに出て行ってしまった音緒を見送りながら、樹は小さく溜息を漏らした。

最近、毎晩音緒は久利と電話をしている。久利のことだから、研究以外はポンコツな樹に代わって音緒の発情期後のメンタルケアも兼ねているのだろう。

——どうしてこんなに胸がざわつくんだ。

久利は悪くない。音緒がすっかり元気になったことも喜ばしい。それなのに、音緒がベランダに出ている時間が妙に腹立たしい。五分かそこらの通話なのに、たまにちらりと見える音緒の楽しげな横顔を眺める五分間は、ひどく長く感じる。

「……そろそろ部屋に入れ。風邪を引く」

知らずに眉間に皺を寄せたまま、ベランダの窓を開けて呼びかける。素直に終話した音緒がリビングに戻り、にやりと笑ってこちらを覗き込む。

「なんだよ、嫉妬《しっと》か？」

「……馬鹿なことを言ってないで、さっさと寝る仕度をしろ」

ちぇっと口を尖らせる音緒に、樹は淡々と答えながらも内心動揺していた。

嫉妬。自分には無縁だと思っていた感情。しかし今、樹の胸を締めつけてくるこの感情に当てはまる言葉は、たしかにそれしかあり得ない。

——どうして俺が……。俺が想っているのは今でも橙也のはずなのに……。

思考がぐるぐると同じところを回る。今夜も食後に暖炉《だんろ》のように温かい音色のギターを聴き、とても癒されたはずなのに。

最近毎晩この繰り返しだ。音緒のギターで癒されて、音緒の電話で苛立って、音緒のことを考えて眠れなくなる。

きっと今夜も寝不足だ。明日の朝、変わらずドヤ顔をかます音緒の額にデコピンでもしてやろうか。まったくもって自分らしくないことを考えながら、樹は何度も寝返りを打った。

「おう、樹、おはよう。今日は雨だぜ！」

翌朝も音緒は元気にカーテンを開ける。音緒の華奢な肩越しに見えるのはいくつもの雨の雫。

雨の日も彼は得意顔で「俺は水も滴《したた》るいい男だけどな！」とか言うのだろうか。いつからか楽しみになっていた早朝のドヤ顔を見ようと音緒に目を向けると、目を伏せた彼は小さな声で「雨は嫌いじゃねえ」と呟いた。

切なげな瞳がやけに気になった。

＊＊＊

雨の日は嫌いではない。初めて樹に出会った日も雨だったから。

わざわざ追いかけてきて、俯いた自分に傘を差しかけてくれたのが嬉しかったから。樹にとっては、大した意味はなかっただろうけど。

朝早めに出社する樹を見送ったあと、ベランダに出た音緒は落ちてくる雨粒をぼんやりと見上げた。自分は樹の傘になれているだろうか。少しでも彼を悲しみから守ることができているだろうか。

アルバイトに出勤すると、階段で「おはよう、今日も可愛いね！」といつもの調子の久利に出くわした。隠した不安に気付いているのか、久利は頻繁に話しかけてくれる。投薬の点滴中も忙しいだろうに、くだらない世間話をしてくる。

投薬を終えるとスーパーに立ち寄ってから帰宅し、二人分の夕飯を作る。八時頃に帰ってくる樹を出迎えて、一緒に食事をする。これがうまくできた、このあいだのあれをまた食べたい。ささやかながらも音緒にとっては大切な会話をしながらの温かい食事。

食器は樹が洗う。そのあとは二人でリビングのカーペットに座り込む。この時間が少しでも長く続くように願いを込めてギターをつま弾く。

あとどれくらいだろう、こんな幸せな時間を過ごせるのは。目を閉じて音緒の奏でる旋律を聴いている樹の横顔は穏やかで美しい。

今日も静かに聴き入ってくれる樹に、そろそろおやすみを告げなくてはいけない。音色をフェードアウトさせ、ギターをそっと置く。

——やっぱり、好きだなぁ。

それが自分ではない他の誰かのことを想う横顔であっても、変わらず愛おしい。幸せで、悲しくて、樹の気持ちを考えるたびに胸が苦しくなる。

けれどそんな心境はおくびにも出さない。こちらの苦悩に気付いたら最後——きっと樹は罪悪感に苛まれ、音緒を傍《そば》に置いてくれなくなる。だから何事もなかったように振る舞う。俺は傷ついてなんかいないぞ、と必死にアピールする。樹が安心して傘の下にいられるように。

そしてそんなふうにして貼りつけた強気な仮面がはがれそうになるときは、見計らったようなタイミングで久利から毎晩着信が入る。

この男は本当に勘が鋭いし、呆れるほどに面倒見がいい。ヒート時に一度情けない姿を見せてしまったこともあり、音緒にとって久利は多少開き直って接することのできるいい兄貴分になっている。

「もしもし、なんだよ、久利さん」

携帯を耳に当てたまま、音緒はベランダに出る。リビングで通話するのはなんだか悪い気がするが、かと言って音緒が自分の部屋に行ったら樹も自室に引き上げてしまいかねない。

何度か携帯を持って右往左往した結果、リビングから出入りできるベランダが通話場所として最善だということに思い至った。最近は携帯を持つと自然とベランダに足が向く。

今日はまだしとしとと雨が降っているけれど、庇《ひさし》があるから大丈夫だ。

『音緒くんこんばんは。今日は心なしか元気がなかった気がして。いっちゃんとはうまくいってる？』

本当に鋭い。投薬中に少し話しただけで、気分が落ちていたことを見破られてしまったようだ。

「別に普通だよ。今日は雨だったから、ちょっと色々考えちゃってテンション低かっただけ。

……なあ、久利さん。俺、ちゃんと樹の傘になれてるかな？」

自分が傍にいることで、樹が少しでも元気になってくれたらそれでいい。そう思いつつも、過去の運命の相手を想う樹の横顔を見つめ続けるのは、正直きついときもある。

『音緒くん……ねえ、もしいっちゃんといるのがつらいなら、僕のところに――』

雨粒の向こうで、突然ピカッと雷が光った。

「うわっ、今見た？　結構近かったな。今夜は雨脚強まるかも。あ、わりい、なんの話だっけ？」

音緒は思わず身を乗り出すようにして暗い空を見上げた。雨の勢いが一層強くなってきた。これはベランダからも早めに避難しないとまずいかもしれない。

『……ううん、なんでもない。音緒くんは人の十倍賑やかだから、見てるだけでいっちゃんも元気出るんじゃないかな』

クスっと笑いながら言われ、「馬鹿にしてんだろ！」と突っ込むと電話越しに大笑いされた。

『いっちゃんね、最近新薬の流通やコストについて見直しをしてるんだよ。すでに専門医院での特別治療用に流通させるのは決まってて、いずれは一般化しようって話はあったんだけど、いっちゃんはもっと早く、急ピッチで一般に普及させられるように模索してる。気合が入ってるぶん疲れてるだろうから、いっぱいおいしいもの食べさせて癒してやって』

「……うん、わかった」

今樹を元気にできるのは音緒だけだと言ってくれているようで、知らずに口角が上がる。雷も鳴ったし早く部屋に戻りな、と言われ、終話ボタンを押して暗くなった画面を見つめた。

薬が完成しても、まだまだ樹は頑張っている。

二人で映画を観た日、新薬の話を聞いた音緒の「オメガ医療の専門医院は貧乏人にはあまり縁がない」という言葉に考え込んでいた樹の顔が過った。

——俺が言ったから？

そこまで考えて、そんなはずはないと首を横に振る。樹の研究は、すべて亡くなった恋人のためのものだ。自分は単なる被験者。より広く普及させようと考えたのは、音緒の言葉とは関係なく、樹になにか思うところがあったのだろう。

リビングに戻ると、樹が腕を組んだまま窓の近くに立っていた。

「随分楽しそうだったな」

神経質な眉間に縦皺が刻まれている。不貞腐《ふてくさ》れたような物言いに些かむっとしたものの、まさか「お前のことを話してたんだよ」とは言えず、音緒はあえて茶化すような視線を樹に投げた。

「なんだよ、意外と寂しがり屋だな？」

「なっ……そんなわけないだろう」

樹は虚を衝《つ》かれたように一拍停止したあと、苦々しげに溜息を吐いた。そんなに露骨に顔を顰めなくてもいいだろう。失礼な奴め。

——気のせい、か。

最近久利と電話をしていると、樹が少し拗ねたような顔をするようになった気がした。嫉妬とは違うかもしれないが、少しでも自分が樹に必要とされているならそれだけで嬉しいのに。

「あ、そうだ樹。明日は俺が庶民の休日ってやつを教えてやるよ」

たしか明日は樹も一日オフだったはずだ。内心で「庶民デート」と言い換えながら提案すると、樹は顎に手を当てて考えたあと小さく首を傾げた。

「庶民の休日、とは？　もう十二月に入ったことだし、前回のヒートからもうすぐ一カ月だろう。次に備えてあまりアクティブなことはしない方が……」

「違うって。あんた、いかにも厳しい家庭で育ちましたって感じだし、友達とダラダラするだけの休日とか過ごしたことないだろ？」

映画を観た日は別として、樹は基本的に休みの日にも医学書を読んだり調べ物をしたりしている。以前なんとなく聞いてみたら、幼い頃からそうだったらしい。

実際、彼がリビングで横になってテレビを観ている姿なんて見たことがないし想像もつかない。久利も樹が遊んだりだらけたりしているのを見たことがないと言っていた。

三カ月で死別してしまった恋人とは、ダラダラどころかデートも数えるくらいしかできなかっただろう。

「だから近所を目的なく気ままにぶらぶらして、帰りにDVDとかレンタルしてリビングのでかいテレビの前に寝そべって菓子食いながら一緒に観ようぜ。学生時代に金のない友達とよくそんな感じで遊んでたけど、休んだーって感じになって結構いいんだ。それにこれなら俺のヒートが近くても大丈夫だろ？」

単に休日を一日一緒に過ごしたいのと、またあの映画のように橙也との思い出巡りを一人でさせたくなかったので必死に言い募る。

黙って聞いていた樹は、ふわりと表情を緩めて頷いた。

「そうか、そうだな。それも悪くなさそうだ。音緒に付き合おう」

もう少し渋られるかと思ったが、意外にも二つ返事を貰えて音緒はほっと胸を撫で下ろした。

自室に戻り、目覚ましは平日よりゆっくり――八時にセット。近所をぶらつくだけの予定なのに、明日の服をうきうきと選んでしまう自分の浮かれ具合を自覚しながら、緩む頬を引きしめることはできなかった。


翌朝、目覚ましより早く、ヒステリックな女性の声で目が覚めた。

――なんだ？　誰か来てるのか？

寝巻代わりのスウェットのまま足音を忍ばせて廊下へ出ると、リビングから甲高い女性の声と憂鬱《ゆううつ》そうな樹の声が言い争うのが聞こえてくる。

「樹さん、貴方のためを思って言ってるのよ？　それなのに見合いの話も一向に受けず、うちの病院にも戻らず、どうして私を困らせるようなことばかりするの？」

「母さん、俺はこの研究所でやっていくと決めたんです。母さんを困らせたいわけではなくて……」

「研究所で働くとしても、お見合いくらいできるでしょ？　三年前の破断はもう責めないから、もう一回頑張ってみましょうよ。知り合いの代議士の娘さんが立派なアルファでね、ぜひ貴方と会ってみたいと言ってくださってるのよ」

「ですから、俺は――」

――見合い？

そういえば亡くなった恋人も見合い相手の弟だったと言っていた。未だに見合いの話があるような素振りは見せていなかったけれど、この中年女性――おそらく樹の母親だ――の口ぶりだと何度も見合いを勧められているようだ。

自分とは別世界の、金持ちの家系にいかにもありそうな話だ。魂の番を忘れられない樹はそのたびに断っているのだろう。

樹は、亡くなった彼しか見えていない――。

頭では理解していた現実をまざまざと突きつけられたようで、音緒は壁に凭れかかった。だらんと垂らした手が壁にぶつかり、その僅かな物音でリビングの二人の会話が止まった。

――あ、やべ。

咄嗟のことに逃げ出すこともできずに右往左往していると、リビングの扉が勢いよく開いた。

「樹さん、この方はどなた？」

キッと音緒を睨みつけた樹の母が息子に詰め寄る。

「彼は、俺たちの臨床試験に協力してくれている――」

説明する樹を押しのけて、樹の母はきつい眼差しのままあたりの匂いをくんくんと嗅いだ。

「……貴方、オメガね。僅かだけど品のないフェロモンの香りがするわ。アルファの息子に言い寄って番になろうっていう魂胆《こんたん》でしょうけど、生憎《あいにく》息子はアルファのお嬢さんと見合いをする予定なので、諦めてくださる？」

「なっ――」

「母さん！　音緒を侮辱《ぶじょく》するのはやめてください」

「樹さん、そんなにオメガが欲しいなら、アルファのお嬢さんと籍を入れたあとに何匹でも囲えばいいわ。私がきちんと教育を受けたオメガを紹介してあげるから、こんな汚い、見るからにみすぼらしいのは捨てなさい」

まるで病気の野良猫を拾ってきた子どもを咎《とが》めるような言い草だ。

音緒はぐっと拳を握った。オメガを同じ人間と思っていないような物言いに、怒りで顔がかっと赤くなる。

殴っちゃダメだ、こいつは樹の母親だ。自分に言い聞かせながら、俯いて歯を食いしばる。

樹の母親が追い討ちをかけるように侮蔑《ぶべつ》の言葉を投げかけてくる。ひたすら下を向いて耐えている音緒の頭上で、ドンと大きな音が響いた。

びっくりして顔を上げると、樹が壁に拳を当てている。樹が思いきり壁を殴ったのだ。

「いい加減にしてください。彼らは、俺たちと比べてどこも劣っていない。彼らは同じ人間です。そんなふうに言われていい存在ではない」

怒りの滲む樹の声に、母親も呆気にとられている。音緒を庇《かば》うようにして立つ樹はまるで大切なものを守る騎士のようで、その広い背中に場違いにも見とれてしまった。

「俺より小柄で華奢でも、俺なんかより余程強い。一方で強さを持ちながらも、人を傷つけて平気でいる貴女よりずっと繊細だし、俺たちより大切なことを知っている。ただ性別がオメガだというだけで、古い価値観を当てはめて彼らを貶《おとし》めるようなことを言うのは金輪際《こんりんざい》やめていただきたい。……それと、俺は今他にやるべきことがたくさんあるので、見合いの話はしばらく持ってこないでください。分かったら今日はお引き取りいただけますか」

有無を言わさぬ態度で自分の母親を玄関から追い出した樹は、鍵を閉めてふうと溜息を吐いた。

「すまない、母が失礼な真似を」

「いや……いいよ、別に」

声を荒らげて怒る樹を初めて見た。まるで自分のことを庇ってくれているような台詞に勘違いしそうになった。けれど彼があんなに必死に守っているのは、きっと亡くなった彼だ。

——馬鹿だな、一瞬俺のために怒ってくれてるのかと思っちまった。

そんなわけないのに。一気に戻ってきた現実になんだか疲れてしまい、音緒は「だるいからもうちょい寝る」と言い残して自室に戻った。

樹の心にはまだ橙也が陣取っている。樹が守りたかったのはただ一人だ。頭では理解している。それなのに自分は、今は樹の傘になれればいいと言いながら、いつだって晴れた空の下を一緒に歩きたいと願っている。

馬鹿みたいに大きな雫が瞼《まぶた》の下から零れた。一滴、二滴、枕に染みができる。

視界が滲むのに合わせて意識もぼんやりしてきた。昨夜服を選ぶのに時間がかかってしまい眠り足りなかったせいだろうか。ベッドに横になったら一気に身体が重くなり、目を閉じると同時に意識を手放した。

「――音緒、音緒。大丈夫か？」

身体を揺すられて目を開けると、心配そうな樹がこちらを見下ろしている。

「ん……樹？　あれ？　ごめん、俺、寝過ごした？」

部屋の小窓からオレンジ色の陽が差し込んでいる。なんてことだ。夕方まで眠り込んでしまったらしい。

――庶民デートが！

慌てて飛び起きようとしたが、身体に力が入らない。スウェットがじっとりと汗ばんでおり、全身が火照っている。

ふと違和感があり視線を自分の下半身に移すと、ずれたシーツの隙間から自身がズボンを押し上げているのが見えた。音緒はさっと赤くなり、咄嗟に膝を閉じる。眠りに落ちる直前までのブルーな気持ちも吹っ飛んだ。

「へっ？　いや、これは違――」

「呼びかけても返事がないから心配したが、ヒートに入ったようだな。かなり変化が緩やかだ。投薬後二回目だから、体内のホルモンが安定したんだろう」

てきぱきと瞳孔を観察したり脈を測ったりしながら言われ、音緒はぽかんとした。いつもだったらヒートになると、全身を掻きむしりたくなるような衝動に襲われ、とても正気ではいられない。それが少し重い風邪を引いたくらいの症状で済んでいる。

「庶民の休日とやらは次回に繰り越しだ。車を出すから、少し待っていてくれ」

樹は音緒の身体をシーツでふわりと包んで安心させるように髪をひと撫でしたあと、身を翻《ひるがえ》して研究所へ向かう準備を始めた。まるで壊れ物を扱うような仕草にヒートとは別の理由で顔を赤くして待っていると、鍵を持った樹が音緒の部屋に戻ってきた。

「行くぞ」

「おう――って自分で歩けるから！　抱き上げなくていい！」

突然姫抱きされそうになり、音緒は慌てて脚をばたつかせて回避した。

やはり樹は前回ヒートの前兆に気付けなかったことを悔やんでいるのだろうか。妙に過保護になっているけれど、姫抱きなんてされたら顔が至近距離に来てしまうし、なにより恥ずかしくて死ぬ。

なぜか残念そうな顔をしている樹を置いて、音緒は覚束《おぼつか》ない足取りで部屋を出る。身体はだるいものの通常のヒートよりはだいぶ楽で、樹の助けを借りることなく自力で車の助手席に乗り込んだ。

研究所に着くと、入り口で久利が出迎えてくれた。事前に樹が連絡していたらしい。

ふらふらと降車し、素直に久利に支えられて計測室へ向かう。これなら樹が駐車場から戻ってくるまでに計測の準備も完了しそうだ。

「前回よりはいくらか身体は楽かな？」

「おう、今までで一番楽かも。あんたら、すげえな」

そうは言っても発熱しているのだが、今までのつらさと比べれば雲泥《うんでい》の差だ。

前回は醜態《しゅうたい》を晒してしまったが、今回は大人しくしていればなんとかなりそうだ。計測室の扉を開ける久利にニカッと笑いかけると、困ったように苦笑を返された。

「ありがと。けど、風邪引いたみたいに身体重いでしょ。熱も出てるし、ちょっと目も回ってる――っと」

言われた傍からふらついてしまい、久利に子どものように抱っこされて計測室のベッドに運ばれた。

「まあ、めちゃくちゃ元気ってわけじゃないけど、別にやせ我慢してるわけじゃないぜ。今までだったら一人で歩くのもつらかったけど、今回は結構動けてるし」

「うん、ありがと。いっぱい頑張って、音緒くんは偉いねぇ」

ベッドに腰掛けた体勢のまま抱き寄せられ、髪を何度も撫でられる。

――兄貴がいたらこんな感じなのかな。

子どものように扱われるのは癪《しゃく》だったが、年も離れているせいか久利に褒められるのは悪い気はしない。

いつも気にかけてくれて、樹とのことも親身になって聞いてくれる。拗《こじ》らせた恋心が痛むたびに、毎晩数分の通話で励ましてくれる。久利と電話するベランダは、いつの間にか避難所のようになっていた。

すっかり気を許して大人しく撫でられていると、発熱による眩暈も収まってきたような気がする。

「音緒くん、着替えられる？」

間近で微笑みかけられ、反射で子どものようにこくんと頷いてしまった。甘やかされた経験がほとんどなく強がる癖がついている音緒だが、面倒見のいい久利といるとつい気が緩んで甘えてしまいそうになる。

そんな自分に活を入れるように頭を振り、久利が後ろを向いて棚から入院着を取り出しているうちに、音緒は着ていたスウェットの上を男らしくガバッと脱ぎ捨てた。

「はい、じゃあこれ——ってもう脱いじゃったの。ほら、身体冷えるから早く羽織って」

振り向いた久利は慌てて畳まれた入院着を開き、音緒の肩にかける。再び抱きしめられるような体勢になったところで、急に背後から誰かの腕が音緒の首元に回り、ぐいっと身体を引き寄せられた。

「おわっ——なんだ？　あれ、樹？」

ぽかんとした表情の久利が正面で固まっている。音緒は突然のことに踏ん張りがきかず背中で寄りかかりながら背後の相手を見上げると、戸惑ったような表情の樹がこちらを見下ろしている。

状況を把握できない音緒も困り顔になり、三人全員に沈黙が落ちたところで久利が口を開いた。

「ええと、あとはいっちゃんに任せようかな。着替えと計測器の設定よろしくね。それじゃあ音緒くん、頑張って」

バチンと星が飛ぶようなウインクをして、久利は部屋を出て行った。

――こ、この状況で置いていくか……！

気まずさ全開で俯いていると、正面に回った樹はおもむろに音緒の肩にかかっているだけの入院着に手をかけた。驚いて顔を上げた先で樹がじっとこちらを見つめている。眼鏡の奥の瞳がうっすらと熱を帯びているような気がするが、その熱がなんなのかまでは読み取れない。

――うーん……なんか、怒ってる？

形のいい眉を寄せながら袖を通すのを手伝おうとする樹に、音緒はハッとして入院着の前を掻き合わせた。

「え、なに、自分で着れるからいいって」

ヒートの症状が軽くなったと言っても、上気した身体や色づいた胸の尖りを見られるのは居たたまれない。それに樹が部屋に入ってきてから、自分の出すフェロモンの量が露骨に増えたのが分かる。

アルファである樹にオメガの本能が反応しているだけのはずだが、淡々と着替えを手伝おうとする樹とは対照的に心を乱している音緒としては、自分の好意がだだ漏れになっているようで非常に恥ずかしい。

「……つらいなら、鎮静剤を打つこともできるが」

「いや、いい。大丈夫。多分、じっとしてれば平気」

樹の視線から逃れるようにくるりと後ろを向き、もぞもぞと下も脱いで自力で着替えを完了させる。

何が悲しくて好きな相手の目の前で生着替えをしなくてはならないのか。緊張のあまり少し息が上がってしまった。ぐったりとベッドに横たわり、計測器をセットする樹の横顔を眺める。

――地味に指差し確認までしてる。ほんとくそ真面目だなぁ。

一つ一つに真剣な、そういうところも好きだ。頰を枕にむにゅっと乗せたまま見上げていたら、機器の設定を終えた樹がこちらを振り向いた。

もう行ってしまうだろうか。計測器がセットされれば、近くにいる必要もない。アルファである樹からしたら、たとえ抗フェロモン剤を服用していたとしても発情中のオメガの傍に長居はしたくないだろう。

ゆっくりと目を閉じて樹の退出を待つ音緒の身体に、優しくシーツが掛けられた。次いで、ベッドサイドの椅子に腰掛ける気配を感じる。

どうして立ち去らないのだろう。様子を見たいけれど目を開けたら樹がいなくなってしまいそうで、音緒はそこにいるであろう樹の姿を瞼の裏に描いてみる。

どんな顔をしてる？　きっといつも通り神経質そうな顔だ。姿勢は？　絶対に背筋を真っすぐ伸ばしている。学級委員みたいにキリッと。

――樹の気配、幸せだな。樹の心は俺のことなんて見てないだろうけど。

自分は目を閉じていても、樹のことばかり見ている。馬鹿だ。けど、馬鹿でも幸せだ。一人だけど、一人じゃない。矛盾した幸せを噛みしめながら、音緒は眠った。

明け方、優しく髪を撫でられる感触で意識が浮上した。心配性な久利が様子を見に来たのだろうか。薄目を開けると、部屋から出て行く長身の背中が見えた。

――樹……？

自分がオメガだから、かつての恋人と重ねて同情してくれているのだろうか。

嬉しいけれど、悲しい。具合が悪いときは気持ちが不安定でよくない。ぐすっと鼻を啜った音緒は、頭までシーツを被《かぶ》って再び目を閉じた。

＊＊＊

樹は台所で夕飯の皿を洗いながら物思いにふけっていた。

もう十二月の中旬だ。音緒の二回目の発情期も無事終わり、計測された数字は理想的な数値を記している。まだ他の協力者を募って複数のサンプルを提出する必要はあるものの、今回の結果を見るにほとんど成功と言えるだろう。

それは研究員として非常に喜ばしいことだが、ここ最近の樹はあと半月ほどでこの臨床試験が終了するということばかりが気にかかっていた。最終日の検査が終わったら、彼はここを出て、自分とは別の世界に戻っていくのだろうか。

いっそのこと事務のアルバイトを続けたらどうだろう。部屋はどうせ余らせているし、ここに住み続ければいい。食費も薬代も自分が出せば、彼はここにいてくれるのではないか——。

そこまで考えて樹は首を横に振った。彼がそんな、囲うようなことをされて喜ぶはずがない。

——どうして俺は彼を引き留める方法を考えているんだ？

騒々しい音緒と過ごす日々が意外と悪いものではなかったから？　朝、カーテンを開けてこちらを振り向くドヤ顔を見ないと目覚めた気がしないから？　温かい手料理が食べられなくなるのが惜しいから？

どれも正解なようで、どれも不正解な気がする。

すべての食器を洗い終わった頃、リビングから弦を弾く音が聴こえてきた。濡れた手を拭きながら目を閉じる。この柔らかな音色を失うのが寂しいから？　これも正解だけど、不正解。

いくら考えても堂々巡りの思考に引き摺り込まれかけた樹は、音緒の「いてっ、あ、切れた」という声で我に返った。

「どうした、怪我か？　どこを切った？」

慌ててキッチンからリビングに駆け込むと、音緒は弦の切れたギターを片手にきょとんとしている。

「いや、切れたのはギターの弦……なんだ、俺が怪我したと思ったのか？　あんた意外と心配性だよな」

ケラケラと笑われ、樹はきまり悪くなって視線を逸らした。

元からこんなに心配性だったわけではない。幼い頃から勉強以外に興味がなく、大人になってからも医療と研究ばかりに熱を傾けていたせいで、むしろどちらかというと他人に無関心なタイプだったはずだ。

しかし目の前にいる一見逞しいこの青年は心配しすぎなくらい心配しておかないと、すぐに弱っているところを隠そうとするものだから、放っておきたくても放っておけない。おかげで強制的に心配性の世話焼きにされてしまった。

先週のヒートの際も研究所の駐車場から計測室へ向かいながら、気が気ではなかった。

——部屋に入ったら案の定、室長にあんな無防備な姿を晒して……。

そこまで考えてはたと気付く。別に久利の前で着替えるのは悪いことではない。それなのに自分はどうしてあんなにむかついて、強引に音緒を引き寄せたのか。

研究所に到着したとき、それまで樹には頼らず自力で歩いていた音緒が、久利には素直に支えられているのを見たからだろうか。入院着を羽織らせる久利には大人しく触れられていたのに、樹が着替えを手伝おうとした途端に服の前を掻き合わせて拒否の姿勢を示されたからだろうか。

——いや、だからといって俺が腹を立てる理由にはならないだろう。

カーペットに腰を下ろしたまま、丸い猫目がこちらを見つめている。

「……怪我がなかったなら、いい」

「悪かったな、心配かけて。これ張り替えればいいだけだから。あ、けど、これで弦のストックなくなっちまったな。このへん楽器屋あったっけ？」

音緒はギターケースから四角い袋を取り出し、その中に渦を描くようにして入っている新品の弦を取り出した。

「楽器屋か……駅前の商業施設に入っていたと思う。規模もあるし、特別なものでなければ手に入るんじゃないか？」

最上階は映画館だが、大きな商業施設なのでアパレルからインテリア、本屋に楽器屋、大抵のものが揃っている。

「次の休みにでも一緒に行ってみるか。前に言っていたギターのメンテナンス剤なんかもついでに見てみればいい」

ちょうど次の休みは二十四日だ。クリスマスプレゼントだとか適当な理由をつけて、音緒が欲しいものすべて一式自分が支払ってしまえばいい。

「え……」

口を開けたままこちらを見る音緒に、まだなにか足りないだろうかと首を捻る。

「ああ、収納なら小さめの棚が一つ余っているし、ギター用品が増えても置き場所は心配しなくていい。でも君の部屋は元から殺風景だし新しくラックでも買うか。たしかあそこにはインテリアショップも入っているはず――」

どんどん付け加えられる言葉に、音緒は大きな猫目をさらに大きくしている。

「なんだ、まだ他に足りないものがあるのか？」

「え、いや、そうじゃなくて……いいのか？」

　そう言われてようやく、自分が音緒を引き留めようとしているような発言をしたことに気付いた。鬱陶《うっとう》しがられただろうか。気まずくなって無言で壁を見つめていると、

「そっか……」

　予想外に嬉しそうな声が聞こえた。

　窺うように音緒を横目で見ると、頬を緩めながらもう一度「そっか……」と呟いている。どうやら喜んでくれたらしい反応に、強張っていた樹の顔も自然と綻《ほころ》んだ。

　弦を張り替えた音緒が奏でる旋律は、なんだか楽しげに弾んでいた。


　研究室でデータの処理をしながら、樹は自分のパソコンのデスクトップに表示されているカレンダーを眺める。次の休みである十二月二十四日が、頬を染めたように色づいている。

　もうすぐクリスマスだ。遠慮されそうだけど、やはり音緒用の収納を揃えようと思う。黒っぽい服装が多い彼だが、意外と白いアイテムが似合う気がする。ネットでインテリアのカタログもチェックしたし、目星をつけたいくつかの商品を実際に店舗で見てみて、音緒が気に入ったものを買おう。

　ギター用品も、音緒がどういうものが欲しいのか知るいい機会だ。ああいうのはこだわりがあって、好きなメーカーで揃えたりするのだろうか。今後ギターの本数が増えたときのために、少

し多めに買っておけば――。

「――っちゃん？　いっちゃん？　大丈夫？　意識がどっかに行っちゃってたみたいだけど」

久利に目の前でひらひらと手を振られ、樹は自分の頭が音緒に占領されていたことに気付いた。

「す、すみません。少しぼーっとしていました」

「お疲れかな？　最近根詰めすぎなんじゃない？　そりゃ、僕としては専門病院に浸透したら一般普及させるつもりだったから、そこに積極的になってくれるのは嬉しいけど。あんまり無理しないようにね」

デスクにコーヒーを置いていってくれた久利を見送り、樹は前髪を手櫛で撫でた。

最近はずっとこんな調子だ。そもそも新薬の一般への普及にこんなにも積極的に乗り出すようになったのは、音緒が一度目のヒートのときに弱った姿を見せたことが発端だ。

そのせいなのか流通の問題について考えるたびに、誰にも縋ろうとせず一人で震える彼の姿が頭を過る。

社員食堂で昼食をとれば音緒の用意する夕飯の味を、カレンダーを見れば次の休みの約束を。事務員の女性が給湯室で会話しているのを見れば音緒はうまくやれているのかと心配になり、彼女たちの会話が音緒に好意的なものであればなんとなく気分が落ち着かなくなる。

こんな経験は今までになかった。騒がしい彼は、樹の胸中までそのごちゃごちゃを伝染させたのだろうか。

一日の仕事を終えて帰宅すると、キッチンから「おかえりー」と間延びした声が聞こえる。最初はあんなに照れていた挨拶も、今ではすっかりリラックスして言えるようになっているのが嬉しかった。

「音緒、ただいま」

「おう、おかえり。今日はぶり大根にしてみた」

振り返る音緒の傍まで言って手元の皿を見ると、見事な飴色《あめいろ》に仕上がった大根が絶妙に食欲中枢を刺激してくる。あたたかい。部屋も、この料理も、心も。

「楽器店に行ったら――」

自分もギターを買ってみようか。せっかくだから音緒に選んでもらおう。もちろん樹はギターを弾いたことなど一度もないから、彼に習うのだ。

一緒にいる口実を必死で探している自分に気付き、樹は言葉を切った。不思議そうにこちらを見上げる猫目に、曖昧に笑って見せた。

＊＊＊

明日はクリスマスイブだ。物心ついてから初めての、待ちに待ったクリスマスイブ。

幼い頃からサンタクロースは音緒のもとに来なかった。他の子のところには来るのに、うちにだけは立ち寄らない。もし見つけたら捕まえて噛みついて「どうしてうちには来ないんだ」と問い詰めてやろうかと思ったこともあった。

音緒がサンタクロースを捕まえる前に、その正体が両親だという真相を他所で聞いた。ならば仕方がないと諦めた。自分のことを愛してくれる優しい両親なんてものは、音緒にはいなかったから。

しかし明日は樹が一緒に過ごしてくれる。クリスマスデートなんて洒落《しゃれ》たものではなく、単にギターの弦を買いに行くだけだけど。

誘ってくれた日から浮かれてしまって、点滴中に何度も久利に自慢した。余程しまりのない顔をしていたのか、最終的に「よかったねぇ、楽しんでおいで」と言う久利にむぎゅっと両頬を摘《つま》まれた。イブの朝まで仕事になりそうだという久利には痛烈すぎる惚気《のろけ》だったかもしれない。

――収納ラックも買うとか言ってたけど……俺、まだここにいてもいいのか？

今までここを去る日のことを考えて消耗品以外は買わないようにしていたが、あんなふうに言われたら樹も自分とまだ一緒にいたいのではないかと勘違いしたくなる。

臨床試験はあと半月で終わるけれど、樹との関係はまだ続けることができるだろうか。

――俺が傍にいることで、樹は寂しくなくなる？

初めて樹の部屋に入ってしまったあの雪の日に見た、オレンジ色で包装されたいくつものプレゼントが脳裏に過る。

樹にとって、愛した人を失ったクリスマス。きっと去年も一昨年も、彼のことを想って過ごしたのだろう。

誕生日、クリスマス、イベントが通り過ぎるたびに増えていく渡せないプレゼント。一人で観に行く映画の続編。悲しみの中にいる樹を、自分は救えているのだろうか。

——せっかく一緒に過ごせるなら、とびきり楽しいクリスマスイブにしてやろうじゃねえの。

明日は日中に出掛けて夕方には帰宅する予定なので、今夜のうちにクリスマスディナーの仕込みをした。樹は和食を好んで食べるが、洋食を作ってもおいしいと言って完食してくれる。赤ワインに浸してあるビーフシチューの具は、きっとレストラン顔負けの味に仕上がる。

楽しみだ。明日が楽しみすぎてなかなか眠れない。まるで子どもみたいだ。

綺麗に毛玉を取った一張羅のコートの脇に、持っている服の中で一番まともなシャツを置いた。赤黒のチェックで、少しだけクリスマスっぽい。今夜は雨だけど、明日は晴れるだろうか。樹と一緒なら、雨でも雪でも構わないけれど。

二十二年分のプレゼントを、本物のサンタクロースがくれたのかもしれない。そんな夢のようなことを考えながら、音緒は弧を描く口元をシーツで隠した。


翌朝、音緒は聞き覚えのある金切り声で目を覚ました。樹の母親だ。玄関から聞こえてくる声は、前回のリビングより音緒の部屋に近くて余計に迫力がある。

「樹さん、我儘《わがまま》言わないで」

「母さん、困ります。俺は今日、予定が——」

「残念だけど、キャンセルしてちょうだい。お見合い相手を連れてきたから、今日はこの方とお出掛けなさい」

「ですから俺は見合いなど――」

不自然に樹の声が途切《とぎ》れた。不審に思い、ベッドを抜け出し部屋の扉に手を掛ける。

「ふふ、驚いた？　この前、代議士の娘さんと見合いの話があると言ったでしょう。この子はね、その代議士の弟の息子で――オメガなの。私も初めて見たときには自分の目を疑ったわ。三年前のあの子にそっくりでしょ？　遠縁の親戚なんですって。本当はアルファと結婚してほしいけど、樹さんはどうしてもオメガの番が欲しいみたいだから、私も譲歩したのよ」

嫌な予感がして、ドアノブに掛けた手を止める。扉に耳をくっつけても、樹の声は聞こえない。痺れを切らした音緒はそっと扉を開けた。

樹の背中越しに、樹の母親ともう一人。

亜麻色の髪を揺らして佇む、美しく儚げな青年。見覚えがある。この気品溢れる知的な面立ちはたしか――。

「橙也……」

かつて愛した人の名を呼ぶ樹の声に、音緒はひゅっと息を呑んだ。玄関に立ったままの美しい青年は、樹を不思議そうに見上げている。

ふと、樹の母親がこちらに視線を寄こした。

「あら、まだあの汚いオメガを捨ててなかったのね。でももうちゃんとした方を用意したから、それは必要ないでしょ。部屋に貧乏くさいものをいつまでも置いていたら、この子にも失礼よ」

嘲笑《ちょうしょう》する彼女の声は、音緒の耳に入らなかった。

樹は青年を見つめたまま動かない。音緒のことなど見えていないかのように、美しい彼を食い入るように見つめている。

足元が瓦解《がかい》する。サンタクロースは来なかった。やっぱりクリスマスなんて大嫌いだ。

「樹、行ってこいよ。別にギターの弦くらい、自分で買えるし。ほら俺、人と買い物するのあんまり好きじゃねえしさ」

「あ……音緒……」

ようやく現実に引き戻されたようにゆっくりとこちらを向こうとする樹の背を押して、玄関に追いやる。早起きな樹はすでにハイネックにスラックスという外に出ても大丈夫そうな格好をしていたので、そのまま靴を履かせ、バシンと広い背中を叩いた。

「さっさと行けって」

下がりそうになる口角を必死で上げる。

「しかし――」

「樹さん、いつまでもみっともない。運転手を待たせているんです。ほら、行きますよ」

「いや、ちょっと――音緒、帰ったら君に話したいことがある。すぐに帰るから待っていてくれ。絶対だ」

「……いってらっしゃい」

ここ最近言い慣れた言葉だったが、さすがに今は笑顔で言うのに努力を要した。

がちゃんと扉の閉まる音がしてすぐ、音緒は感情が抜け落ちたような顔で玄関に立ち尽くした。

雨が、やんでしまった。雨がやんだら、傘はもう必要ない。

きっと樹はあの美しい青年と、失くしてしまった愛を再び育《はぐく》むのだろう。そのとき自分はお荷物でしかない。ただの被検体で、ただの居候。あと二週間でいなくなる、名もない透明なビニール傘。

――片づけよう。

ひどい貧血のときのような、ふらふらとした足取りで自室に戻る。ほとんど無意識のまま昨夜準備した赤黒のシャツを着こみ、チョーカーを着ける。

最低限のものしか置かれていない部屋を見渡し、少ない荷物をキャリーケースに詰める。布団は小さく畳んでキャリーに括りつけた。少し動きにくいが、運べないことはない。

部屋の片隅に立てかけたままのパステルオレンジの傘は置いていく。こんな綺麗な色、自分には似合わない。

以前、手料理の礼に服でも買おうかと誘われたとき、断ってよかった。荷物が増えたら、ここが自分の居場所のような錯覚を覚えてしまって、出て行くときにつらくなる。

この家で過ごした思い出だけでも、こんなにも胸の中で膨れ上がって持ちきれない。服や家具をプレゼントされた日には、きっと音緒は自分の想いで潰れてしまう。

そうなるのが怖くて、特売や夕飯の買い物以外で一緒になにかを買うということをしなかった。

今思えば正解だった。

キャリーケースを廊下に置いて、コートを羽織る。リビングに立てかけていたギターも回収し、キャビネットに無造作に置いていたチョーカーの鍵もポケットにしまう。いつでも手に取れる場所に置いてあったのに、樹はこの鍵にもまるで興味を示さなかった。

——少しくらいこの鍵を……俺の項を、気にしてくれてもよかったのに。

虚しい考えを振り払うようにギターを背負い、そのまま玄関へ直行する。ここへ来たときと同じ、一時間で完了した荷造り。一人でも運べる荷物。なにも増えなかった。それなのにひどく重く感じるのは、きっと増殖した恋心のせいだ。

「……さよなら、樹」

生まれて初めて「いってきます」と「いってらっしゃい」を教えられた玄関。何度も樹を送り出し、そして迎えた玄関。一緒に行った特売の戦場でへろへろになった樹が帰宅早々へたり込み、二人で顔を見合わせて笑った玄関。

最後の「いってらっしゃい」に、「いってきます」は返ってこなかった。

この「さよなら」にも、当然返ってくる声はない。

どうか、綺麗な人と、晴れた空の下を歩いて。幸せになれ。もう二度と雨なんか降らないくらいに。

午前十時。玄関をきちんと施錠し、ドアについている郵便ポストに使い慣れた鍵を投かんした。

夜から明け方にかけて降った雨で濡れたアスファルトを踏みしめる。浮かれた街並みを見ながら、音緒はどこへともなく足を進める。

行く場所なんてどこにもないけれど、もうこの街にはいたくなかった。一張羅の黒コートに、上げ底のブーツ。ギターケースを背負い、布団が雑に括りつけられたキャリーケースを引く、初めて樹の家に来た時と変わらない自分。最初から最後まで一人だった。

路肩に何本か、置き去りにされたビニール傘があった。雨が上がって不要になったのか、忘られてしまったのか。それがなんだか今の自分のようだと思った。

「えっ、音緒くん?」

こちらにゆっくりと近付いてきたスポーツカーのウィンドウが開き、聞き覚えのある声が耳に届いた。青白い顔のまま振り向いた先には、イブの朝まで仕事だと言っていた久利が窓から困惑した顔を出してこちらを見ている。

「なにしてるの、こんなところで。今日はクリスマスデートだって浮かれてたじゃない」

どう見てもなにかがあった様子の音緒に、久利は車を停めて駆け寄ってくる。

「ああ……なんつうか、雨が……」

「なに? 雨?」

「雨がやんじまったみたいで……傘は、いらなくなったっぽい……」

そう言った途端、無表情だった音緒の顔が思いきり歪んだ。大きな瞳から涙がいくつも零れ落ちる。

一度溢れた涙はもう止まらなくて、堪えようと思ってもぐしゃぐしゃの泣き顔が余計に歪むだけだった。

「どうして――」

信じられないという声で呟いた久利は、音緒の腕を引いて車の中に連れ込んだ。助手席に座らされると身体が折れそうなくらい抱きしめられ、嗚咽《おえつ》に震える背中を何度も擦られた。

昨日は幸せだった。点滴中もクリスマスデートのことで頭がいっぱいで何度も久利に自慢したし、昨夜久利と電話で話したときも「これからクリスマスディナーの仕込みに入るから！」なんて惚気ながら通話を終えた。今日の幸せを信じて疑わなかった。

久利の腕の中で、音緒はわんわんと声を上げて泣いた。無我夢中で久利のシャツの背中をぎゅっと握る。心が助けてと叫んでいた。

「はい、ホットミルク」

「……さんきゅ」

一頻《ひとしき》り泣いた音緒が車を降りようとすると引き留められた。死が近いことを悟った猫のようにふらっとどこかへ消えてしまいたかったが、それも久利にはお見通しだったらしい。車は久利の自宅へと音緒を強制連行した。

リビングの焦げ茶色のソファにちょこんと三角座りをしていると、真っ赤なマグカップを渡される。冷えきった指先に久利の指が触れた。久利はミルクに口をつける音緒の隣に座り、まるで早く温まれと祈るみたいに大きな手の平で音緒の頭を撫でた。

「今日、さ。久利の母親が、見合い相手連れて家に来たんだ」

「ああ……そういえば頻繁に見合い写真を送りつけてくるっていっちゃんが言ってた気がする。毎回断るのに辟易《へきえき》してた」

断り続ける樹に痺れを切らした彼の母親は、ついに写真を送るのではなく本体を連れてくるという実力行使に出たのだ。

「けど、いっちゃんは断ったでしょ？　今日は音緒くんとの先約が入ってたし」

そう言われて音緒は目を伏せて首を横に振った。

「その見合い相手ってのがオメガでさ、三年前に亡くなったっていう樹の恋人に笑っちゃうくらいそっくりだったんだよ。運命の相手、再びって感じ」

ローテーブルにカップを置いて、赤くなった目と鼻で無理に笑顔を作る。

「育ちも頭もよさそうで、守られるために生まれてきたんだってくらい綺麗で儚げで。きらっきらした目で、静かにじっと樹のこと見てた。樹もその子のこと凝視したまま固まっちゃってさ。俺のことも自分の母親のことも視界に入ってないみたいに二人して見つめ合っちゃって、もうこれは送り出すしかないって空気で――」

大げさなくらい身振り手振りをつけて話す音緒を見ていられないというように、久利は音緒を腕の中に閉じ込めた。樹ほど大きくはない、けれど音緒のことをすっぽりと覆ってしまう温かい身体に安心し、おずおずと背中に手を回す。

「どうして、うまくいってくれないのさ……」

音緒の肩口で絞り出したような久利の声は僅かに震えている。その声は怒っているようにも悲しんでいるようにも聞こえる。

自分でも、どうしてこんなにうまくいかないんだろうと思う。

音緒は、降り続く悲しみから樹を守る傘になって、そしていつか樹の悲しみを晴らすのが自分であればと願っていた。

突然現れた過去の恋人に酷似《こくじ》した人が雨をやませ、自分は雨上がりのビニール傘みたいに捨てられる――少なくともこんな結末は望んでいなかったはずだ。

けれど今、もう一度雨が降ってほしいとも思えなかった。納得しているわけではない。ただ樹が幸せになるんだったら、なんでもいいかと思ってしまう。自分は傍にいられなくても、彼に暖かな陽が降り注ぐなら。

「僕はね、君が幸せになるんだったらなんでもよかったんだよ」

自分が思っていたのと同じ言葉が久利から出てきて、音緒は彼の腕の中で目を瞠る。

「最初は、貴重な被検体でしかなかったんだけどな。君は逞しくて寛容で、強いのに弱くて、誰にも縋ろうとしないから、見ていてもどかしくて……臆病な君への同情はいつの間にか、幸せになってほしいっていう切実な願いになってた」

ことあるごとに陽気に構ってきた久利が、そこまで自分を気にかけてくれていたことを今初めて知った。

「だから、いっちゃんと一緒にいる君を見守るのも悪くないと思っていた。研究センターに来たときからどこか陰のあったいっちゃんも君と出会って生き生きとしてきたし、君が彼と幸せになってくれるなら、そこに僕の居場所なんてなくてもよかった――」

久利の声にならない声が音緒には聞こえた。だってこれは、音緒が樹に対して思ったことと同じだから。

「久利さん……？」

久利が腕に力をこめるたび、愛していると言われているような気がして、どうしたらいいか分からなくなる。

面倒見のいい久利に、兄弟みたいに接してくれる彼に安心して懐いていたが、もしかして自分は残酷なことをしていたのではないか――そんな不安が頭をもたげる。

「音緒くん、うちにおいで。必要な試験データは揃ったから、研究室に来たくなければ来なくていい。アルバイトもしなくていい。だからしばらくここにいてよ」

「いや、そこまで迷惑かけられねえって。俺なら平気だから」

どうしよう。性的な対象として見られるのには慣れていたが、自分に向けられる愛情というものには疎遠で、音緒は他人の好意をうまく理解できない。久利の愛がどういう種類のものなのかが分からない。

でももし友人や兄弟的な意味ではなく、恋愛対象として愛を注がれているのだとしたら、この手を離さなくてはいけない。樹への愛を止められない自分は、この優しい男を傷つけることしかできないから。

けれど心細いときに抱きしめてくれた久利を失うのは怖くて、音緒の手はまだ控えめにシャツの背中を握っている。

「僕が平気じゃないんだ。傷ついてる君を放っておくなんて、そんなことできない。無理だ。君の傍にいたいんだ」

そう告げる久利の声は、ひどく掠れていた。抱き竦めた腕を緩め、音緒の泣きはらした瞳を真っすぐに見つめてくる。久利の顔は見たことがないくらい切羽詰《せっぱつ》まっていた。きっと、彼は自分を愛している。

「久利さん……どうして……」

そこで言葉を切った音緒は、泣きそうな顔で久利の背中から手を離した。怖い。これで完全に一人だ。けれど、自分の心はずっと樹のものだ。心をあげられないなら、これ以上久利に縋ってはいけない。

本当の兄のように音緒を揶揄い、慰め、抱きしめてくれる久利は、樹にうまく甘えられない音緒が世界で唯一甘えられる場所だった。

家族みたいで、温かい場所。久利を愛せたらどれほど楽だろう。初めての恋は矛盾と損失と痛みばかりで、ろくなものではなかった。

諦めにも似た感情で目を伏せたまま小さく笑うと、久利はハッと息を呑んだあと口の中だけでぽそっとなにか呟いた。

「……ダメだな、僕までこんな顔させちゃうなんて」

「え、今なんて――」

聞き返そうとして顔を上げると、久利はニカッと笑って音緒を見ていた。

「ええ？　どうして君にこんなに優しくするのかって、そりゃあ僕は可愛い可愛い音緒くんのことを、弟のように大切に想っているからねぇ。これから先もいつだって、僕のことをお兄ちゃんだと思って頼ってくれていいんだよ。ほうら、よーしよしよし」

「……ははっ、その撫で方、弟っていうより犬じゃねえか」

久利の大きな手が音緒の視界を遮るように乱暴に髪の毛を掻き混ぜる。陽気な声色はいつも通りで、駆け引きなどできない音緒は、久利の恋情はすべて自分の勘違いだった気がしてきた。

もしかしたら恋愛であろうと家族愛であろうと、深い愛情というものは形が似ているのかもしれない。どちらも経験してこなかったからまだよく分からないけれど、相手の幸せを願うという根本的な部分はきっと同じだ。

だから久利は自分を家族のように愛してくれているんだろう。先程までの切ない表情はもう跡形もなく、いいお兄ちゃんみたいな顔で悪戯《いたずら》っぽく笑っている。音緒は小さく安堵した。でもあまり心配かけないように、これからは頼りすぎないようにしようとも思った。いつでも支えてくれる家族がいると思うだけで、心は幾分軽くなったから。

安心すると次第に眠気がやってきた。たくさん泣いて疲れたせいか、ホットミルクの効果か。

ソファに横になって数分後には、周りの物音も意識から遠ざかっていた。

——お願いだから、幸せになってよ。

眠りに落ちる直前、誰かが祈るように呟いて、唇の脇に柔らかいなにかが触れた気がした。

＊＊＊

見合いを途中で切り上げた樹は自宅へ急いでいた。

音緒に送り出されたあと、樹はすぐに高級車に押し込まれた。車はやがて有名ホテルに三人を送り届け、そこでフレンチのランチを食べた。見合い相手は物腰柔らかく、樹の研究にも興味を示してくれるいい人だったが、樹の心はそれどころではなかった。

ここで自分が強引に会食を中断したら母親の顔に泥を塗り、青年にも恥をかかせてしまう。大人として最低限、見合いの体裁だけ繕って帰ろう。そう思って少しの間耐えていたが、結局デザートが運ばれてくる前に頭を下げ、理由を説明して退店した。

母親はまさか樹が断るとは思っていなかったらしく、怒るのも忘れて唖然としていた。

人をじっと見つめる癖があるらしい青年は、その真意を見抜く力が優れていた——樹をじっと見つめ、「お会いした瞬間から、僕のことを見ていないのは分かってましたから」と苦笑して許してくれた。

そんな二人に構っていられないほど、樹はショックだったのだ。かつてあんなに愛した橙也にそっくりな青年の顔を見ても、なにも思わなかったことが。

毎年クリスマスには橙也に受け取ってもらうことのないプレゼントを買っていたのに、今年は音緒と楽器店に行くことしか頭になかった。頭の中は音緒でいっぱいだった。

母親が連れてきた青年を見て、いつの間にか自分の愛が音緒に向かっていたことに驚き茫然としているうちに送り出されてしまった。

今さら、ひどい罪悪感が胸に押し寄せてくる。自分のことを一生懸命に好いてくれていた音緒にとって、橙也とうり二つの相手との見合いがつらくないはずがないではないか。今思えば目端でとらえた音緒の見送りの笑顔はなんだか歪んでいたような気がする。

——音緒だって今日の買い物を楽しみにしていたのに。

他人と買い物するのは好きじゃないと言っていたが、あれはきっと強がりだ。買い物に誘ったときの嬉しそうな顔と弾む旋律が脳裏を過る。

あんなに頬を緩めて幸せそうな顔をしてくれていたのに、それを自分は台無しにした。朝、玄関で茫然とするばかりで流されるまま出掛けてしまった自分が憎くて仕方ない。

今すぐ音緒に謝りたい。謝って、自覚したばかりのこの気持ちを聞いてほしい。こんな情けない男など御免だと言われるかもしれないが、これから音緒が安心して甘えられるくらい強くなれるよう努力するから、この想いを知っていてほしい。

「音緒！　ただいま、今帰った。話を聞いてくれ」

玄関の扉を開け、開口一番大きな声で彼の名を呼ぶ。返事はない。

幼い頃から染みついた行儀など無視で、靴を脱ぎ捨てたまま廊下を進む。リビングを覗くが、気配がない。

ならば部屋にいるのだろう。怒っているなら、許してくれるまで謝ろう。泣いていたらどうしよう。それでもやっぱり謝って、そして笑ってくれるまで傍にいよう。

深呼吸をして音緒の部屋の扉をノックする。

「今朝はすまなかった。君との約束をなんとしても優先するべきだった。あの場で断れなかったのは完全に俺が悪かった。顔を見て謝らせてほしい。……音緒？」

やはり返事がない。寝ているのだろうか。嫌な予感がして、ドアノブに手を掛ける。

「音緒？　入るぞ――」

言葉を失った。彼の荷物の一切が消えている。

少ない衣服も、ぼろぼろのキャリーケースもない。思えばなにかと理由をつけて、彼はこの家に私物を増やそうとしなかった。少しくらい買い足してもいいじゃないかと不思議に思ったものだったが、今になってその理由が分かった。きっと、ここを出て行く日のためだ。彼の居場所を作れていると思い上がっていたのは自分だけだったのだ。

夢遊病のような足取りでリビングに入る。キャビネットに雑に置かれていたチョーカーの鍵も、毎晩弾いてくれたギターも、もうそこにはない。音緒など最初からいなかったみたいに。

彼の気配を探してふらふらとキッチンに移動する。いつもは綺麗に片づいているが、今日は鍋や計量カップなど一部の調理道具がすぐに使えるように出してある。今夜帰ってきてクリスマスディナーの仕上げに取りかかるつもりだったのだろう。

冷蔵庫を覗くと下ごしらえ中らしきタッパーがいくつもある。一番手前のものを手に取る。赤ワインに浸された牛肉や野菜たち。

樹にはこれがなんになるのか分からないが、音緒が作ってくれたらきっと魔法のようにおいしくなったのだろう。

瞬間、吐きそうなほどの後悔がせり上がってくる。なぜ今朝、見合いをすぐに断らなかったのか。もっと早く自分の気持ちに気付いていたら、音緒のことが好きだから見合いはできないとその場で言葉にすることができたのに。

音緒に「いってきます」も言っていない気がする。つくづく自分は研究以外のことはポンコツだ。

キッチンに座り込み、ほとんど無意識に携帯を操作する。音緒の番号を呼び出すが、電源が切られているというアナウンスが虚《むな》しく響いた。

次いで、久利にかけてみる。音緒のことを気にかけていた彼なら、なにか知っているかもしれない。自分が見逃したサインを彼が知っているというのは悔しいが、今はそんなことを考えている場合ではない。縋れるものには縋る。プライドなんて気にしていられない。

「――はーい、もしもし」

七コールほど待って諦めようとしたとき、久利の声が耳に届いた。いつも通り軽い調子だが、声がどことなく低い。

「もしもし、高城です。あの、音緒が今どこにいるかご存知ですか？」

敬語すら省きたいほどの焦燥感に襲われながら、なんとか手短に要件を話す。

「音緒くん？　彼なら今――僕のところで眠ってるよ」

妙に艶っぽい声で意味深なことを言われ、樹は思わず眉を寄せる。

「はっ？　それは一体どういう……」

「どうもこうも、僕の腕の中でさんざん泣かせたからね。あー、寝顔も超可愛い――」

樹は会話の途中で電話を切った。つい先程までキッチンに座り込んでいたのと同一人物とは思えない速さで立ち上がり、そのまま家を飛び出しひた走る。頭に血が上っているのが自分で分かる。こめかみがドクドクと脈打っていて痛い。

ベッドで泣きながら久利に抱かれる音緒を想像すると、脳が揺れるような感覚に襲われた。嫌だ。自分以外の誰かのところに行かないでくれ。強気な顔も、弱った顔も、全部ひとり占めしたい。

感じたことのない想いが次々に胸に流れ込んでくる。運命なんて綺麗なものではない。これはもっと生々しい、愛情と独占欲と執着だ。

徒歩十分程度の道のりが、今日は異様に長く感じられた。エレベーターが来るのも待てずに久利のマンションの階段を駆け上がる。七階に着く頃には汗だくで、息もひどく上がっていた。

足音も気にせず廊下を全力疾走して久利の部屋の前に辿り着く。呼吸も整わないままチャイムを押そうとしたそのとき、静かに扉が開いた。

「室長――」

久利の姿が見えた次の瞬間、樹の頬に右ストレートが決まった。あまりの勢いに眼鏡は吹っ飛び、樹は背中から壁に激突した。

くらりと眩暈がして膝をついたまま久利を見上げる。思わず息を呑んだ。久利の瞳は氷のような怒りを宿している。こんな彼を見たことがない。

「僕に盗られたと思ってそんな形相《ぎょうそう》で来るくらいなら、最初から泣かせんじゃねぇよ」

久利はどすの利《き》いた声で言いながら、樹の胸ぐらを摑んで無理やり立たせる。

「え――」

「今回はこれで許してやる。けど、次に泣かせたらそのときは――」

淡々と無表情で話しながら玄関を開け、部屋に入っていく。樹は慌てて眼鏡を拾った。かなりヒビが入っている。装着は諦めてコートのポケットにしまう。

いつもより大きく見える背中についていくと、くるりと久利が振り返った。その顔はいつも通りの軽薄な笑顔で、ふざけたようにピシッと樹の額を指で弾いた。

「そのときは僕の家で音緒くんをべったべたに甘やかして可愛がって洗脳して、もういっちゃんのところになんて帰りたくないって言わせちゃうからね！」

樹はデコピンされた額に手を当てながら久利を見つめた。いつものチャラい室長だが、どこか違和感がある。

久利は口を開きかけた樹を制するように再び背を向け、リビングへと足を進める。そっと扉を開けた先にいたのは、ソファに横になって寝息を立てる音緒だ。

樹の嫌な想像とは異なり、彼がベッドではなくリビングのソファでちゃんと服を着て眠っていることに小さく息を吐いた。

「泣き疲れて眠っちゃったんだ。ごめんね、さっき電話で挑発するようなこと言って。僕の大事な弟分が悲しんでるの見たら、いっちゃんに意地悪してやりたくなっちゃって」

食えない笑みで小首を傾げられたが、今は苛立ちよりも安堵の方が大きい。

「いえ……全部、俺のせいなので」

そっと近寄ると目元が赤い。ちくりと胸が痛む。楽しみにしていた約束を反故《ほご》にされて悲しくない人なんていない。相手が好きな人ならなおさらだ。

涙の痕の残る頬に触れると、音緒が身じろいだ。ぎゅっと目を瞑ったあと、大きな猫目がゆっくりと瞬きをする。

「音緒くん、お迎えが来たよ」

ソファに寝転んでいる音緒の目線に合わせるように屈《かが》んだ久利が、音緒の頭を撫でる。

「ん……迎え……？　えっ、樹？　あれ、眼鏡は？　というかなんでここに？」

まだ半分寝惚けた様子の音緒を樹は無言でじっと見つめる。音緒は次第に意識がはっきりしてきたらしく、ガバッと起き上がると瞳に拒絶の色を浮かべた。

「……やだ、俺、戻らない」

久利に隠れるようにしてぶんぶんと首を横に振られ、樹の心が軽く抉《えぐ》られる。

「音緒、俺が悪かった。一度でいい、話を聞いてくれ」

「やだ、俺は話すことなんてないし、樹の話も聞きたくない！」

今度はコアラの子どものようにぎゅうっと久利にしがみついて拒絶された。思わず絶句する樹に代わり、久利が苦笑まじりに音緒の背中をぽんぽんと叩く。

「こら。君たちは一度ちゃんと話し合いなさい。音緒くんも、自分の気持ちに嘘を吐かずに伝えた方がいいよ。僕はいつだって君の味方だから」

宥《なだ》めるように言われた音緒が渋々というふうに顔を上げ、ゆっくりと久利から離れた。

「……頰、腫れてんぞ。大丈夫かよ」

ぶすっとしたまま見上げられ、それだけで胸が詰まった。自宅から音緒の気配が消えたとき、世界に酸素がなくなったような苦しさを覚えた。今、やっと息ができるようになった。

「……少し転んだだけだ」

妙に晴れやかな顔で言った樹に、音緒は不思議そうに首を傾げている。

「ほら、いっちゃん。これ、音緒くんの荷物。音緒くん、逃げちゃダメだよ。君は幸せにならなきゃいけないんだから」

少しだけ寂しそうな久利に送り出され、二人は無言で帰路についた。

＊＊＊

数時間前にさよならを告げた部屋に、音緒は再び戻ってきた。

帰り道、樹の隣を歩きながら、何度逃げ出してしまおうかと思ったことか。彼が音緒の荷物一式を持って離そうとしないため、叶わなかったけれど。

玄関に入り施錠を済ませた樹は、ようやく玄関に荷物を置いた。音緒が俯いたまま立っていると、ゆっくりとこちらを振り向く気配を感じる。

なにも言うな。なにも聞きたくない。あの青年の話も、これから先のことも、なにも。

頑なに下を向いて唇を噛みしめていた音緒の身体は、不意に強く腕を引かれたことでバランスを崩して樹の胸板にぶつかった。

「——っ、なんだよ。離せよ！」

「離さない。どれだけ嫌がられようと、俺は君を離しはしない」

胸に押しつけられた鼻腔にふわりと樹の匂いを感じた。このままこの腕の中に居座りたくなる自分を叱咤して、身を捩《よじ》って抜け出そうとする。

「ふざけんな、俺がどこへ行こうと、あんたには関係ないだろ。心配しなくても投薬や検査は期間が終わるまで受けるから——」

「音緒、君が好きだ」

「は——？」

樹の言葉の意味をすぐには理解できずに思わず顔を上げると、顎を掬い取られて抵抗の言葉ごと飲み込むようなキスをされた。

「んっ、んぅ……」

長身の樹に上を向かされ、緩んだ歯列を越えて厚い舌が入ってくる。口内を蹂躙《じゅうりん》された音緒は、唇をちゅっと吸って離されると膝からがくっと崩れ落ちた。口の中が熱くて甘い。座り込んだまま樹を見上げる。自分の瞳がひどく潤んでいるのが分かる。

片膝をついた樹が視線を合わせてくる。窺うように顔を寄せられ、顔中にキスを贈られる。どこからか甘い香りがする。それは樹が音緒に触れるたびに、コロンが一滴一滴落ちるように濃度を増していく。

「ん、や、やめろって——」

座っていることすらできず、音緒の身体が傾いた。支えるように抱きしめられると一層匂いが増し、頭がくらくらする。

「なんか、変……身体熱い……」

「……悪い。俺のせいだな」

樹は呻《うめ》くように言うと、音緒の身体を抱き上げて立ち上がった。

「やだ、離せ……俺はもう、ここにはいられない……」

せっかく荷物をまとめたのに。さよならと言って、出て行ったのに。

離れる決心が鈍るから、やめてほしい。涙が零れないように歯を食いしばって必死に首を横に振るが、樹は無情にも数時間前まで音緒が使っていた部屋の扉を開け、大きなソファベッドに音緒の身体を下ろした。

「樹、なに――」

　起き上がろうとするのを止めるように、樹は音緒を組み敷いた。再び唇を奪われ、着ていたコートを脱がされる。ばさっと音を立ててコートが床に落とされた。

「やめろって」

　力の入らない手で抵抗を試みようと樹の胸元を押し返す。ハイネック越しにぐいぐいと厚い胸板を押していた音緒は、ふと手の平に感じる体温の高さに違和感を覚えた。

「……あれ？　樹、どうした？　あんたも身体熱いぞ。鼓動も速いし。これじゃまるで発情期――」

　びっくりして身体を起こそうとすると、太腿に硬いものが押し当てられた。少しの間のあと、それがなにか分かった音緒の顔が真っ赤に染まる。

「君を一旦黙らせようとキスしたら、あんまり可愛い反応をするものだから……発情してアルファのフェロモンが出てしまったんだ」

　どこかきまり悪そうな樹を唖然としたまま見上げる。

「えっと、じゃあ俺の身体が熱いのも……」

「ああ、俺のアルファフェロモンに誘発されたんだろう」

　しばらくぽかんとしたものの、少し考えて音緒はぶんぶんと首を横に振った。

「いやいやいや、逆だろ。樹がいきなり俺に発情するわけないし。俺があんたにキスされてオメガフェロモン出したから、それに影響されたんだろ。だからあんな、好きだなんて思ってもないこと――」

「好きだと言ったのはキスをする前だ。あの言葉に嘘偽りはない。俺は、音緒にずっと傍にいてほしい」

真っすぐに射貫《いぬ》くような視線に、目を逸らすことができない。

「……同情ならいらねえよ」

信じてしまいたいけれど、そんな夢のような話、素直に信じられるはずがない。だって、そんな素振り一度もなかった。彼の愛した橙也と自分は同じオメガであること以外、似ても似つかない。もし出て行こうとする音緒への罪悪感や同情で言っているのなら、そんなものは欲しくない。

「同情ではない。――何度だって言う。音緒のことが好きだ。気付いたのは今朝だが……」

「は……？　今朝？」

思わず素《す》っ頓狂《とんきょう》な声を出すと、樹は気まずげに顔を顰めた。

「……仕方ないだろう。俺は今まで橙也のことだけを想っていたはずなんだ。それなのに君はいちいち騒々しいし、大して強くもないくせにすぐに強がるし、傷ついても隠そうとするから危なっかしいし、室長にばかり甘えるし……目が離せなくて、放っておけなくて、いつの間にか音緒のことばかり考えるようになっていたんだ」

音緒の猫目いっぱいに樹の真剣な表情が映る。そんなふうに想われていたなんて。これが都合のいい夢なのではないかとすら思えてくる。

「え……嘘……、あんた今朝、見合い相手に見とれてただろ……」

かつての恋人と瓜二つの見合い相手を茫然と見つめる姿を見て、自分は樹を諦めたのだ。

「ショックだったんだ。あんなに焦がれていたはずの橙也にそっくりな彼を見ても、なにも思わなかった自分が」

「なにも思わなかった……？」

「ああ。それに、毎年この時期になると橙也のためのプレゼントを買っていたのに、今年は音緒と出掛けることで頭がいっぱいだった。君は、大切な荷物を抱えて雨の中動けなくなっていた俺の心に傘を差しかけてくれた。荷物を捨てずに『もういっちょ頑張れ』と言ってくれた。それを繰り返しているうちに、世界は明るくなっていた。もう二度とやむことがないと思っていた俺の悲しみを、音緒が晴らしてくれたんだ」

せめて、樹の悲しみを和《やわ》らげる傘になれればいいと思っていた。いつか二人で晴れた道を歩けたらと心のどこかで望んでいた。見合い相手の彼を見て、樹の世界を明るく照らすのは自分ではないと絶望もした。

けれど——自分が、樹を救えたのだろうか？

「橙也を忘れることはこれから先もきっとない。でも、その大切な荷物を抱えたまま、君が晴らしてくれた道を、君と歩きたい。音緒、君が好きなんだ」

ひゅっと喉の奥が鳴った。唇が震える。

「嘘だ……」

「嘘じゃない」

「俺なんか、愛されるわけがない……」

「どうしてこんなときだけ弱気なんだ——と言いたいが、もう強がらなくていい。たとえネガティブでも弱くても、俺は音緒を愛してる」

声が出ない。みっともない嗚咽がせり上がってくる。嬉しい。けれど一方で、張り裂けそうに胸が痛い。こんなに好きなのに、樹だって愛を向けてくれたのに、どうして神様は自分と樹を運命の相手にしてくれなかったのだろう。幸せと悲しみが共存して、心がぐちゃぐちゃになる。

髪を撫でられながら赤黒チェックのシャツの襟元をはだけさせられ、首筋に吸いつかれる。露《あらわ》になった鎖骨を指でなぞりながら、樹はチョーカーに歯を立てた。

「……音緒とはこれから一生一緒にいたい。ここの鍵を、俺にくれないか」

「無理だ……」

熱のこもった声に、音緒はぐずった幼子のように首を横に振る。

「どうして」

「だって……だって、俺、樹の運命の相手じゃなかった……！」

言ってしまったら、決壊したように涙がぼろぼろ零れた。

「俺、ずっと不安だった……。あんた、俺と一緒にいても考え事してることが多かったし、どっか遠いところを見てるときがあったから。あんたが死んだ恋人のことを話す横顔、綺麗で好きだったけど、すげえ悲しかった。どうして俺が魂の番じゃないんだろうって悔しかったし、何度も泣きたくなった……毎日毎日、樹といると幸せだけど、同じくらい、いつ終わるんだろうって不安だった……っ」

運命なんて気にしないしそんなものには負けないなどと豪語したけれど、そんなの嘘だ。樹の魂の番が自分ではなかったと知ったとき、信じられないくらい悲しかった。本当は毎日運命の影に怯えていた。

ずっと胸の中に渦巻いていた不安を、見ないふりをしてきた悲しみを、音緒はすべて吐き出した。樹の前でこんなに泣いたのは初めてだ。目を瞠っていた樹は、切なげに眉を寄せた。

「すまない……ずっと不安にさせていたんだな。こんなに大事なのに気付かなかったなんて、俺は本当に馬鹿だな」

あとからあとから溢れてくる涙でびしょびしょになった頬を撫でながら、樹は苦しそうに呟いた。

嗚咽の止まらなくなった音緒を抱き起こした樹は、その薄い背中を擦りながら改めて顔を覗き込む。涙と鼻水できっとひどい顔だろう。あまり見ないでほしい。ふいっと顔を逸らそうとすると、右手を頬に当てられて向きを戻された。

「たしかに俺と音緒は魂の番ではなかった。けれど俺は、こんなに感情が動いたのは初めてなんだ。一緒に暮らして、最初は正直なんてうるさい人なんだと呆れた。そのうち音緒の強さを知って羨ましいと思うと同時に尊敬もした。気付けばキッチンから聞こえる鼻歌や独り言や、朝一のドヤ顔に癒されるようになっていた。凍てついていたはずの俺の感情を、いつの間にか君が融かしてくれたんだ」

涙で視界がぼやけて樹の顔が何重にも見える。そのどれもがとても真剣な表情をしていて、音緒の胸を熱くさせる。

「橙也を失った悲しみを他人にあんなに吐露《とろ》したのも初めてだったし、室長にばかり懐く音緒を見て初めて嫉妬もした。最近はどうすれば投薬試験後も君をこの家に止《とど》めることができるか悩んだし、今日は帰ったら君がいなくて、君を失うんじゃないかと思ったら死ぬほど焦った」

樹のことを想って音緒ばかりが胸を焦がしていたと思っていたけれど、知らないところで樹もこんなにも感情を揺らしていたなんて。なんだか信じられない。

「さっきも、音緒がこのまま俺の話を聞かずにここを去るくらいなら、アルファのフェロモンで懐柔《かいじゅう》して俺のものにしてしまおうなんて卑怯な考えが頭を過ったりした」

「……堅物のくせに……あんたらしくもない」

「そうだ。まったくもって俺らしくない。けれど、恋というのはそういうものなんだろう？　自分でも呆れるくらい愚かで狡《ずる》くて滑稽《こっけい》になって、それでも形振《なり》構わず君を欲しいと思う。この恋はたしかに運命ではない。そんなに綺麗な想いではない。運命や魂ではなく、俺自身が音緒を欲しているんだ」

そう言った樹の顔が眼前に迫る。唇に温かな吐息が触れる。音緒は黙ってキスを受け入れた。もう拒めない。樹の想いが痛いほど伝わってきたから。その想いに応えたいと思ったから。

橙也のことや樹の家のこと、自分自身のこれからのこと——今までたくさん溜め込んできた心痛はまだ残るけれど、樹が望むなら。

床に落ちているコートのポケットに入れっぱなしのチョーカーの鍵を取ろうとすると、残滓《ざんし》のような不安で少し手が震えた。その手を樹に取られ、そっと唇を落とされる。

「樹……？」

「音緒が完全に安心して俺の傍にいられるようになるまで、やはり鍵はいらない。だからそんな不安そうな顔をしないでくれ」

嫌味ではなく本当にふわっと柔らかく笑いかけられ、胸の奥がきゅっとなる。

「たくさん傷つけた分、信頼を挽回できるようにこれから頑張って君を口説くことにするよ」

口説かなくても十分惚れてるんだけど。そう思いながら、広い胸板に抱かれる。互いのフェロモンの匂いに噎《む》せ返りそうだ。シャツのボタンを一番下まで全開にされ、ベルトも外されて下着と一緒にジーンズも下ろされる。

もどかしそうに片方ずつ脚を抜かれ、シャツを羽織っているだけになった音緒の身体を樹が凝視する。

「あんま見るなよ……」

顔に熱が集まってくるのを感じる。ハイネックとスラックスを着こんだままの樹にまじまじと見つめられて羞恥が募る。膝を擦り合わせ眉を八の字にしてもじもじする音緒に、樹が大きく溜息を吐いた。

「可愛い……馬鹿になりそうだ……」

悩ましげに呟きながらハイネックを脱ぎ捨て、樹は上半身を晒した。細いけれど適度に筋肉のついた綺麗な身体に思わず見とれていると、覆い被さってきた樹に首筋をきつく吸われた。チョーカーの周りいっぱいに赤い痕を散らされ、続いてすでに発情して尖りきっている胸の突起に熱い舌を這わされる。

「あぅ、や、そこばっかやだ……っ」

敏感になった乳首に樹の荒い息がかかるだけで、後孔から愛液が溢れてくるのが分かる。シーツにまで染みてしまいそうで慌てて身を捩ろうとするも、樹に組み敷かれているせいでそれもままならない。むしろ恥ずかしがって身を捩るほどに樹の愛撫は激しくなり、何度か軽く達してしまった音緒は薄い腹を自らの白濁で汚した。

項の代わりとばかりにじっくりと胸を甘噛みされ、ようやく解放されたときには両方の乳首は赤く腫れ、シーツは音緒の零した愛液でぐしょぐしょになっていた。

「うぅ……樹の馬鹿……」

濡れたシーツのひんやりとした感触を尻に感じて涙目で睨み上げると、樹は見たこともないくらい相好《そうごう》を崩した。

「音緒が俺を馬鹿にするんだろう」

「なんだよ、それ……んっ、あぁっ」

樹が自分に向けてくれる柔らかな表情に安心していると、不意に後孔に何かが侵入してきた。ぬるりと愛液をまとって中に入ってきたのは、樹の指だ。一本、二本。音緒を怖がらせないように、ゆっくりと身体を慣らしていく。そのあまりに慎重な手つきに、樹の真面目さと誠実さを感じる。

何度も何度も深い部分と浅い部分を行き来され、焦れた音緒がもう勘弁してくれと泣き出した頃、ようやく樹は納得がいったように指を引き抜いた。

「つらかったらすぐに言ってくれ」

スラックスを下ろして避妊具を着けた樹は双丘の間に自身をあてがうと、音緒の頭を撫でながら言った。中を掻き混ぜられ続けたせいで快楽が過ぎてつらいんだけど、と言ってやりたいが、口から漏れるのは濡れた吐息だけだった。

「んっ、んん……」

ゆっくり、ゆっくり、樹が音緒の中に入ってくる。仰向けのままの音緒の正面から挿入を続ける樹は、音緒の表情の変化を見逃すまいとじっくり見守っているらしい。目を閉じていても突き刺さってくる視線に、羞恥で焼け死にそうだ。

やがて内臓がせり上がるほどの圧迫感とともに、樹は完全に音緒の中に収まった。愛する人と一つになれた喜びに、音緒の瞳から涙が一筋流れた。

「あっ、や……うぁっ……」

顔を寄せた樹は音緒の涙や汗を舐め取りながら、ゆるゆると律動を開始した。こん、こん、と身体の奥にある未知の場所を優しくノックされ、数回の抽挿《ちゅうそう》で音緒は白濁を噴き上げた。

「あ、樹……っ、待って、まだ、俺っ……」

達したばかりで快楽の波が引かず、自分の身体が自分のものではなくなるような感覚にシーツをぎゅっと握りしめる。

動きを止めた樹は指先が白くなるほどシーツをきつく摑んでいる音緒の手を見て、一瞬切なそうに目を細めた。

「もしよければ……こっちにしてくれないか？」

シーツからそっと外された音緒の手は、樹の背中に移動させられる。

「爪を立てても構わない。シーツより、俺に縋ってほしい」

これから君に遠慮なく甘えてもらえるように頑張らないとな――耳元でそう囁かれた音緒はおずおずと両手で汗ばんだ背中に触れ、やがてひっしと縋りついた。

それが合図だったかのように、樹の律動が再開された。先程とは打って変わって欲望を露にするかのような激しい動きに、音緒は夢中で樹の背に爪を立てる。

「あ……っ、あっ、やぁっ、いつき……っ、おれ、樹のこと――っ」

すき、という言葉ごと樹の口づけによって食べられた。でも気持ちはきっと伝わった。ぽたぽたと落ちてくる汗に混じって、一粒だけ樹の瞳から雫が落ちてきた気がする。

何度目か分からない絶頂に音緒の身体が大きく痙攣《けいれん》し、周りの景色がぼやけていく。

樹の呻くような声が聞こえ、中のものが震えるのを感じる。そして遠ざかる意識の中で、ふやけてしまうくらいに甘く音緒の名を呼ぶ声が、優しく鼓膜を揺らした。

「ん……樹……？」

浅い眠りから覚めた音緒が瞼を開けると、同じソファベッドで隣に座ってじっとしている樹が目に入った。呼びかけた音緒の声に気付かなかったのか、樹は腕を組んだまま考え事をしているようだ。

——まだ前の恋人のこと考えてたりすんのかな。俺とのこと、後悔してたりして。

弱気の虫が顔を出す自分を叱咤するように、音緒はもう一度「樹」と呼びかけた。

「ああ、音緒。おはよう——といっても、あれからまだそんなに経っていないが」

「あ、そうなんだ。昼間久利さんのところで寝たせいかな。全然眠くないや」

時計を見ると、まだまだクリスマスイブを楽しめる時間だ。しかし寝起き早々に不安なことを考えてしまい、なんとなく返事がぎこちなくなってしまった。

そんな音緒の気持ちを知ってか知らずか、樹は寝ている音緒の髪を撫でながら掛け時計を指した。

「店はまだやっている時間だが、買い物に行くか？　今からなら楽器屋も家具屋も回れそうだ。もちろん音緒の身体がつらくなければの話だが」

唐突な提案に面食らったものの、樹は今日の約束を反故にしてしまったことを気にしていたようだ。音緒としても、身体も大丈夫だしできることなら今からでも樹とクリスマスデートがしたい。

「えっ、うん、行く行く！　すぐ用意する！」

ぱっと起き上がってベッドを離れ着替えを始めた音緒を、樹は眉間に皺を寄せて見つめている。

「……なんだよ、なんか文句あるのかよ」

そう言って睨み返すと、困ったような顔で見返された。

「いや、眼鏡が割れてしまって、スペアが俺の部屋に行かないとないのが残念だと思って」

「は？」

「目を凝《こ》らさないと、音緒の生着替えがよく見えない」

大真面目な顔で投下された爆弾に、音緒は思わず持っていたシャツを落とした。

「は、はあああ!?　そんなムッツリ発言、思ってても本人に言うなよ！　ほんとデリカシーねえな」

赤くなる顔を隠すように樹に背を向け、光の速さで着替えを完了させる。

「そうか、すまない。なんだか興奮してしまって。浮かれてるみたいだ」

真面目くさった顔で言われ、音緒はついぷっと噴き出しながらコートを羽織った。

「なんだそれ。ほら、出掛けるなら樹もさっさと着替えろよ」

「ああ、そうだな。……買い物ついでに音緒の服も買うか。真冬にそのコートは寒そうだといつも気がかりだったんだ」

「うーん、けどコートって高いじゃん」

シャツなどと違って、冬物の上着は安物でもどうしたってそれなりの値段になる。顔を顰めて言うと、

「……そこは俺にプレゼントさせてくれないか。その代わり、俺にもなにか服を選んでくれ」

予想外の提案をされた。

「へ？　俺が樹の服を選ぶの？」

「ああ。音緒の好みの服を着たい」

あまりに率直に言われ、じわじわと顔が赤くなっていくのが自分で分かる。言葉が出てこない音緒に追い討ちをかけるように、樹が閃き顔をこちらに向けた。

「そうだ、揃いの服を買うのはどうだろう。もしくは色違い」

樹のさも名案を思いついたかのような生き生きとした表情に、音緒は口端をひくつかせた。

「いや、今時ペアルックはねえだろ……」

「……そうか……」

「……」

しょんぼりとした樹は、それきり黙り込んでしまった。樹の思考がいまいち理解できず、音緒は首を捻る。戸惑いの沈黙を破るように、樹が言いにくそうに話しだした。

「俺は今までアプローチはされたことがあってもすることはなかったし、橙也とは出会った瞬間に互いに恋に落ちたからなにもせずに両想いだったんだ」

もともと行方不明気味だったデリカシーは完全に失踪したらしい。身体を重ねた日にこの発言、どうしてくれようか。さすがに落ち込むのも忘れて樹の胸ぐらを摑みかけると、妙に頼りない瞳と目が合う。

「だからさっき、これから音緒が安心して俺の隣にいられるように君を口説くと言ったけれど、今まで人を口説こうと思ったことがないから肝心のやり方がさっぱり分からない。ずっと音緒の寝顔を見ながら考えていたけれど、なにをすれば喜んでくれるのか、どうすれば俺のことをもっと頼りにしてくれるのか、まったく答えが出ない。初めての感情に戸惑ってばかりで、今も変なことを言って余計頼りないと思われたんじゃないかと……。俺らしくないことは分かっているんだが」

知的な顔立ちが少しだけおろおろしているように見える。なんだろう、すごく可愛い。

起き抜けに見た樹の表情も、自分を口説く方法を考えていたのだと思えばひたすらに微笑ましい。弱気の虫はすっかり消え失せた。音緒はベッドに腰掛け、間近でにやりと笑いながらチョーカーの鍵をちらつかせる。

「なんだよ、そんなにこれが欲しいのか？」

揶揄うのも申し訳ない気がしたが、樹があまりに可愛くて、悪戯っぽく笑いかける。揺れる鍵を見た樹は堅物らしい生真面目な声で答える。

「最終的には欲しい。しかしまずは音緒がその鍵を安心して俺に預けることができるように、信頼してもらえる男になるよう努力する。不安にさせた分もこれから幸せで塗り替えられるように頑張る。そしていつか、音緒がなんの強がりもなく俺の隣にいられるようになったら、その鍵を渡してほしい」

まるでプロポーズだ。ぶわっと赤くなる顔を逸らそうとしたら、後頭部を引き寄せられて啄《ついば》むようなキスをされた。

「……それと、もし嫌でなければ、次の休みにでも橙也の墓参りについてきてほしい。彼の死を受け入れられなくて、一度も足を運べていなかったんだ。だからこの三年間渡せなかったプレゼントを渡して、今まで来れなかったことを謝って――音緒と幸せになることを彼にも伝えたい」

そう言った樹の瞳は、真っすぐに音緒のことを見つめていた。愛の色の滲んだ視線が、他の誰でもない自分に向けられている。

涙ぐんだ音緒が頷くと、樹は柔らかく笑った。

「愛してる」

額をくっつけたまま愛おしげに頬を撫でられ、音緒は胸の中の傷や不安が少しずつ温かなものに変わっていくのを感じた。

この鍵を渡す日は、きっと遠くない。


「アンブレラ」小説ビーボーイ（2021年春号）掲載

7colors

オメガ研究センターの階段を、音緒《ねお》は軽快に駆け上がる。目指すは一つ上の階にある、久利《くり》が室長を務める研究室だ。ファイリングした書類を研究室に届けるのが、音緒の本日最後のミッションである。

先月――十二月末をもって新薬の臨床試験は終了したが、被験者になる条件の一つとして斡旋《あっせん》された研究センター内での事務のアルバイトは今も継続中なのだ。

「音緒、今日の仕事はそれで終わりか」

「おう、樹《いつき》。今日はこれでおしまいだ」

研究室に顔を出すと、樹が書類を受け取ってくれた。樹はすぐに自分のデスクで内容を確認し、真剣な顔で一枚一枚に目を通している。

――部屋着の樹もかっこいいけど、研究室にいるときの白衣姿もかっこいいな……。

臨床試験をきっかけに始まった彼との同居は、二人の関係が変わって同棲となった。浮かれている自覚はある。家でも職場でも顔を合わせているのに会うたびに嬉しいなんて、自分でもどうかしていると思う。だけどつらかった片想いがようやく実り、今はどんなに他愛ないことでも幸せなのだ。口元が緩んでしまうのは仕方ない。

「お疲れ、音緒くん。今日も可愛いね！」

ひそかに樹に見とれていたら、久利が陽気に手を振りながら歩いてきた。音緒も久利に駆け寄って、「可愛いは余計だっつーの」と彼の腹に軽くパンチする。

「……あれ、久利さんちょっと疲れてる？」

いつも通り軽薄な――けれど優しい色を湛《たた》えて細められた垂れ目が、一瞬寂しげに揺れたように見えた。最近、久利はたまにこういう顔をする。心配になって尋《たず》ねると、苦笑混じりに髪の毛をぐしゃぐしゃと掻き混ぜられた。

「気のせいじゃない？　それより今日は帰りにスーパーに寄るって言ってなかった？」

「そうだった。今日特売なんだよ。じゃあ俺、そろそろ帰るわ」

「お疲れさま。おーい、いっちゃん。音緒くん帰るってよ」

デスクで書類と睨《にら》めっこしていた樹は、久利に呼ばれて顔を上げた。そのまま長い脚でスタスタとこちらに歩いてきて、音緒の頭にぽんと手を置く。

「あぁ、お疲れさま。気を付けて帰れ」

「ちょっといっちゃん、それだけ？　もっと付き合いたての恋人っぽい言葉はぁ？」

「……今日の夕飯も楽しみにしてる。なるべく早く帰るから」

「……うん」

職場での樹は大体ストイックな仕事モードなので、久利のわざとらしいお節介はスルーするものかと思ったが、うっかり恋人モードのスイッチが入ってしまったらしい。

怜悧《れいり》な美貌を綻《ほころ》ばせて付け足された台詞《せりふ》に、音緒は思わず下を向いて頰を赤らめる。樹はイブの夜に「傷つけた分、信頼を挽回できるように頑張って音緒を口説く」と宣言してからというもの、たびたび甘さ全開の表情を向けてくるのだが、さすがに人前でそんな顔をされるとくすぐったくてたまらない。

「うひゃぁ、ラブラブだねぇ」

「う、うるせー！」

ひゅーひゅーと微妙に古くさい揶揄《からか》い方をしてくる久利と、放っておくともう一言二言追撃してきそうな樹から逃げるように、音緒は早足で研究センターをあとにした。


無事にスーパーの特売で戦利品をゲットした音緒は、早速キッチンに立って鍋を火にかける。同居初日にカレーを焦《こ》がしてしまったIHキッチンにも、もうすっかり慣れた。

今日のメインは寒い日にぴったりの生姜《しょうが》たっぷり肉団子スープだ。アクを取りながらの鼻歌がキッチンに響く。樹と暮らすようになって、音緒は自分が料理好きだということを初めて知った。たまに樹が買ってきてくれるデパートの弁当も好きだけど、樹のことを考えながら料理をするのは楽しい。

夕飯の準備を終えて風呂に入り、髪を乾かし終えたところで玄関から耳慣れた「ただいま」が聞こえた。

「おかえり――んっ」

ぱたぱたと玄関に向かえば、当然のようにただいまのキスをされる。白衣を脱いだ樹は、完全に甘々の恋人モードだ。頬を緩めて見つめてくる樹に照れ隠しであえてムスッとした顔を向けたら、彼は甘えるように擦り寄ってくる。

しかし音緒を抱きしめようと伸ばされた樹の手は、すんでのところで動きを止めた。眉間に皺《しわ》を寄せた彼の視線は音緒の首元に固定されている。

「……チョーカーはどうした」

「へ？　風呂に入るときに取ったから、リビングに置いてある」

そう答えるなり優しく手を取られてリビングのソファに座らされ、項《うなじ》を保護するチョーカーを丁寧に着け直された。

両想いになってからというもの、樹はやたらと部屋でもチョーカーを装着するように言ってくる。付き合う前は樹に下心がなさすぎたこともあり、チョーカーの鍵はリビングのキャビネットに放りっぱなしだったし、風呂上がりに項丸出しのことすら何度もあったのに。

それだけ音緒の項を意識してくれるようになったのだと思えば悪い気はしないけれど、こうも厳重に保護されると少々複雑だ。

「別にいいのに」

拗《す》ねたように口を尖らせる音緒に、樹は困ったように眉を下げる。

「ダメだ、こういうのはきちんとしないと」

「ったく、相変わらずくそ真面目だな。それより樹宛の荷物が届いてたぜ」

肩を竦《すく》めた音緒がソファの近くに置いておいた箱を指すと、樹は早速開封し始めた。後ろから覗《のぞ》いたところ、中身は衣服のようだ。

「なんだそれ、パジャマ……？」

手渡された肌触りのいい生地を広げてみる。グレーのパジャマだ。サイズ的に音緒用だろう。

「へぇ、シンプルでかっこいいじゃん――ん？　なんだこの模様」

音緒が背中の斜めになった薄ピンクの半円の模様に首を傾げたのと同時に、樹がいそいそと自分用のパジャマを取り出した。

「こうして背中の模様が寄り添うと、一つのハートになる」

誇らしげな顔で言われ、音緒は頬を引きつらせた。

――こ、こっぱずかしい……！

樹も堅物《かたぶつ》なりに恋に浮かれているらしく、先日一緒に買い物に行った際もペアルックを買おうとしていた。あのときは何かと理由をつけて音緒が止めたが――こいつ、ついにやりやがった。

「お揃《そろ》いは嫌だけど対《つい》のデザインならおしゃれでいい、とこの間言っていただろう。だからほら、ハートの片割れが対になっている」

普段クールな樹が、お遣いを完遂した子どもみたいなドヤ顔でこちらを見ている。そうだ、忘れかけていたが、彼は研究以外は結構な勢いのポンコツだった。

「いや……対のデザインっていうのは、もっとこう、さりげない感じというか……」

これはほぼペアルックだろ。むしろペアルック以上に恥ずかしいだろ。ツッコみたいのを堪《こら》えて言うと、胸を張ってパジャマを掲げていた樹の背中が次第に丸まっていく。

「そうか……すまない、恋人同士っぽいアイテムをプレゼントしたいと思ったんだが……」

しおしおとしょげてしまった樹を見て、音緒は「あーもうっ」と部屋着を脱ぎ捨て、こっぱずかしいパジャマに渋々袖を通した。悔しいことに無駄に着心地がいい。

「ほら、さっさと飯《めし》食って風呂入って、樹もそれ着ろよ」

広い背中をばしっと叩いてやったら、樹は嬉しそうに目尻を下げた。そんな顔をされるとペアルックでもなんでも迷走に付き合ってやりたくなる。惚れた弱みとは恐ろしい。

二人でテーブルにつくと、樹は綺麗な箸使いで小鉢を食べて、肉団子スープも最後の一滴まで飲み干してくれた。眼鏡《めがね》を湯気で曇らせてハフハフする樹が可愛くて、最近はつい温かい汁物を作りがちだったりする。

樹が料理一品一品に感想を言ってくれたり、その日あった他愛ないことを互いに話したりする食卓には幸せが詰まっていて、音緒はたまにお腹より先に胸がいっぱいになってしまう。照れくさいので樹には秘密だけど。

「そういえば俺に投薬してくれた新薬ってどうなったんだ？」

ふと今月のヒートも軽く済んだことを思い出して尋ねてみると、ちょうど完食した樹は手を合わせて「ごちそうさま」をした後、すっと姿勢を正した。

「そっちは順調だ。諸々のデータがまとまり次第、認可に向けて進んでいくだろう」

「へぇ、それならよかった。……『そっちは』って、他にも何かあるのか？」

「あぁ、実は先に進めていたものの方が停滞中なんだ。すでに流通している様々な種類のオメガ用抑制剤の副作用を一人一人の体質に合わせて検査する薬で、薬品自体は完成しているものの今の技術だと量産できない。そこで製造機器の開発をメーカーに打診しているんだが、研究センターと取引のある会社では技術が追いつかないらしい。最新技術を扱うような大きな会社にも声をかけているが、大企業は決裁までに時間がかかるからなかなか話が進まないんだ。俺の親戚の会社にも頼んでみたが、オメガ医療に興味はないとまるで取り合ってもらえなかった」

オメガ医療の分野はまだ確立されていない部分が多く、研究者は研究以外のことも考えなければならない。樹も久利も遅くまで研究室に残っていることが多いし大変そうだ。

こういうとき知識も技術もコネもない自分では彼らの役には立てないので、いつも少し歯がゆい。

「まぁ、研究者というのはトライ&エラーを繰り返して地道に進むのが仕事みたいなものだ。俺も室長も、別部署や他社と連携して解決方法を探しているから心配するな」

音緒の心情を悟ってか、樹は安心させるようにそう言って、二人分の食べ終わった食器を片づけ始めた。

「音緒」

名前を呼ばれて振り返ると、風呂上がりの樹が例のパジャマを着て、アコースティックギターを片手にやってきた。

樹は年末に自分用のギターを買ってきて、音緒に習い始めた。手が大きく指が長いくせに弦を一本ずつしか押さえられないのは、長年ギターに親しんできた音緒からするとだいぶ謎だ。

本人曰《いわ》く歌もからきしで、幼少期の童謡の時点で音楽の神様には見放されていると確信したらしい。そのぶん勉学には秀でていたので、音楽に触れずとも別段困ることはなかったようだが、音緒と付き合い始めてからは「二人でセッションする」という目標を勝手に掲げて真面目に練習している。

「まだ始めて三週間弱だろ。やりすぎると指痛くなるから無理すんなよ」

地道に毎日基礎練を続ける樹に言うと、弦の上で指をぷるぷるさせながら微笑みを返された。

「無理はしていない。音緒と一緒にやるのは楽しい――が、小指が攣《つ》った」

「ほらもう、言わんこっちゃない」

呆《あき》れ半分愛おしさ半分で樹の手を取り、攣った指を伸ばしてやる。ついでに指を絡めて一本ずつストレッチしようとしたら、ギターを脇に置いた樹と目が合った。じわり、と彼の瞳の奥に欲望の色が揺れる。

「樹――」

大好きな名前を呼ぶ途中で、唇ごと食べられた。耳朶《じだ》を指先で撫でられながら舌を甘嚙みされ、下肢が兆《きざ》すのを感じてもぞもぞと膝を擦り合わせる。ヒートの時期でもないのに身体中からフェロモンが滲《にじ》み出る。それに呼応するように樹からもくらくらする香りが放出され、音緒の脳を痺れさせていく。

気付けば音緒は寝室のベッドにうつ伏せの状態で縫い付けられていた。新品のパジャマは、すでにぐちゃぐちゃになって下に落ちている。

「やっ、あ、樹……っ」

肩や背中をきつく吸われて所有印を残されながら、後孔を樹の剛直で掻き乱される。奥の敏感な部分に先端をごりっと擦りつけられて、泣き声みたいな悲鳴が漏れた。

「音緒、可愛い。俺の音緒……」

背後から犯されながら耳元で囁かれ、音緒はびくんと身体を痙攣させる。小ぶりな性器から放たれた精液がシーツを濡らしても樹は止まってくれない。

「やだ……、も、無理っ、変になる……っ」

いやいやと首を横に振ってシーツを握りしめると、樹の動きが余計に激しくなった。絶頂から降りてこられず、精液がとろとろと漏れ続ける。過ぎる快楽で意識が遠のきそうだ。

「樹……っ」

「音緒、好きだ、愛してる」

掠《かす》れた声で言いながら、樹はがじがじと項を守るチョーカーを噛んでいる。普段の理知的な姿からは想像もつかないような、荒い息遣いで音緒の項を求める姿はまるで獣だ。喰われると思った瞬間、音緒は身体の最奥《さいおう》に熱い飛沫を感じた。

「音緒……」

未だ快楽の名残《なごり》でぴくぴく震える音緒の華奢《きゃしゃ》な身体に、樹が覆い被さってくる。極まりっぱなしで涙に濡れた頬を舐められ、ちゅっと触れるだけのキスをされた。

「あとはやっておくから、おやすみ」

「ん……」

ありがとう、と言いたかったが喘ぎすぎた喉ではそれすら声にならず、音緒はうつ伏せのまま小さく頷《うなず》いて目を閉じた。

——樹、今日もチョーカー噛んでたな。

樹は今日みたいにベッドで夢中になると、無意識のうちにチョーカーを噛み千切《ちぎ》ろうとする。

——鍵、渡すって言ってるんだけどな……。

初めて結ばれた夜、まだ心の傷が癒えきらず項を明け渡すのに躊躇《ちゅうちょ》した音緒に、樹は「信頼してもらえるまでは鍵はいらない」というようなことを言っていた。そして恋人となった樹は音緒をこれ以上ないほど甘やかし、不器用ながらに一生懸命愛してくれている。

樹と過ごす日々は毎日が奇跡みたいだ。鈍色《にびいろ》の空の下を一張羅《いっちょうら》の黒いコートを着て歩いていた自分には不相応なほど鮮《あざ》やかな色で満ちている。

幸せだ。この日常は雨上がりに出た虹のようなもので、手を伸ばしたら消えてしまうのではないか——幸せすぎて、たまにそんなふうに怖くなる。

だからもうチョーカーの鍵を貰ってほしいと、樹のものになりたいと言っているのに、樹はなぜか頑《がん》として受け取らない。行為中はあんなに恨みがましくチョーカーを噛むくせに、音緒が項を晒《さら》したりチョーカーの鍵を渡そうとすると、しわしわの我慢顔で「……まだダメだ」と断られる。

堅物らしく基準でも設《もう》けているのかもしれないし、付き合う前に色々あったからこそ大事にしてくれているのも分かっているが、もどかしいと思ってしまうのは独り善《よ》がりだろうか。

「樹……早く貰ってくれよ……虹が消えないうちに」

飲み物やタオルを取りに行く樹の背中を見送りながら、音緒は口の中だけで我儘《わがまま》を呟いた。

＊＊＊

シーツに沈む音緒の身体を清め、その隣に身を寄せて眠った樹が目を覚ましたのは明け方だった。腕の中では勝ち気な猫目を閉じた音緒がすやすやと寝息を立てている。時折口元がもそもそと動いてはフニャッと緩むのが、彼の安息を表しているようで愛おしい。

音緒は普段、華奢な身体からは想像できないほど逞《たくま》しく、気も強くて男らしい。けれど実は繊細で一途《いちず》で、傷ついた姿をすぐに隠そうとするところがある。だからこそ樹は慣れないながらも愛情表現を惜しまないし、出会ってから結ばれるまでの間にたくさん悲しい想いをさせた分、どろどろに甘やかしたいと思っている。

――俺の気持ちは、どれくらい伝わっている？

穏やかな寝顔にそっとキスを贈り、ちらりと自分のデスクの上から二番目の引き出しに視線を移す。あの中で、婚姻届と何冊もの結婚式場のパンフレットがひっそりと出番待ちをしている。

音緒には言っていないが、音緒さえ頷けば婚約から結婚、ハネムーンまで一瞬で決められる程度には準備が整っている。

式場は海外で、屋外を中心に取り揃えた。樹の心に降り続けていた雨を晴らしてくれたのは音緒だ。そんな彼と澄み渡る空の下で愛を誓えたら、きっと世界一幸せな番《つがい》になれるだろう。

――でも、まだダメだ。

少し前から音緒はチョーカーの鍵をくれようとしている。今日も帰宅するなり無防備な首筋を見せつけられ、白い項に歯を立てそうになった。自分でも本当によく耐えていると思う。

愛し合っている自覚はある。こうして腕の中で安心しきった顔で眠ってくれるくらいには信頼もされている。

しかしまだ達成していない――初めて音緒を抱いた日に誓った、「音緒が完全に安心して俺の傍《そば》にいられるようになる」という状態にまでは至っていない。だから、鍵を貰う資格はない。

ぎゅっと音緒を抱きしめる腕に力が入ったせいか、胸元の蜂蜜色の頭が少し動いた。

「ん……樹、今何時？」

「朝の五時だ。まだ寝てていいぞ」

柔らかな髪を撫でると、何度か瞬きをした大きな猫目がぱちっと開いてこちらを見た。寝起きなのにいきなり可愛いのは心臓に悪い。

「ううん、水飲みたい」

掠れた声で言われ、ベッドサイドに置いておいたミネラルウォーターのペットボトルを取って口移しで飲ませてやる。こくこくと喉を鳴らして飲んだ音緒は、口移しが恥ずかしかったのか耳を赤くして目を伏せた。恋人になってもうすぐ一カ月経《た》つが、音緒の愛らしさは日に日に増すばかりだ。

――一カ月、か。

記念日は大切にしろと久利も言っていた気がする。一カ月記念のお祝い的なことをしたら、音緒は喜んでくれるだろうか。考え始めたら自分の方がわくわくしてしまって、居ても立ってもいられず胸元に引き寄せた音緒の頭を撫でながら話しかける。

「音緒、次の休みは付き合ってちょうど一カ月だし、どこかに行かないか」

「えっ」

ぱっと顔を上げた音緒は嬉しげに瞳を輝かせ、そして口を一瞬開きかけて逡巡した。

「うん、そういうのもいいな。まぁ、当日の気分で決めようぜ」

ニカッと笑う彼の表情は明るい。きっと当日何事もなければ、一緒に出掛けてくれるだろう。断られたわけではない。むしろどちらかというと賛成に近い反応だ。しかし樹はひそかに肩を落とした。

――やっぱり、か……。

音緒は思いが通じてからは特に、先の予定を立てたり約束したりしたがらない。期待してダメになるのを本能的に怖がっているように見える。

幼い頃から恵まれた環境にいたとは言えない彼は、おそらく人生で継続的な幸せに浸ったことがない。楽しみにしていたことが奪われ台無しになった経験なんて数えきれないほどあっただろう。そこにダメ押しのような失態を犯したのは自分だ。

――イブの朝の俺を殴りたい……。

あの日は音緒と二人で出掛けるはずだったのに、樹は当日になって見合いに連行されてしまった。音緒はそのことはもう気にしていないと言っていたし、結果的に結ばれたのだからお釣りがくるくらいだと笑い飛ばしてくれたが、彼自身も気付かないような場所に傷跡を増やしてしまったのではないかと樹は思っている。

彼はきっと昔から何度も何度もそういう期待と落胆を繰り返し、期待すること自体に臆《おく》し、それでも勝ち気に前を向き続けるために、明るい未来の保証なんてどこにもないと心のどこかで自分に言い聞かせてきたのだ。そしていつだって一人で受け身を取れるように身構えている。

そんな彼の臆病さに気付いたのは、クリスマスツリーを片づけたときだった。


初めて結ばれたイブの夜の買い物デートで購入したツリーに、二人で協力してモールやオーナメントを飾るのは楽しかった。

リビングを彩《いろど》るそれは小さめだけどなかなか華やかで、浮かれた気分も手伝ってか、ずっと眺めていてもまるで飽きない。だから二十六日になって樹が片づけようと言ったとき、音緒が渋ったことも最初はあまり気に留めなかった。

『まぁ、海外は正月まで出してたりするしな』

そう思ってそのままにしていたが、年が明けて三《さん》が日《にち》を過ぎてもツリーは当然のようにリビングの壁際に鎮座している。そこで樹の中に微《かす》かに違和感が生まれた。

音緒は片づけが得意なはずだ。性格は少々がさつなところもあるが、部屋はきちんと整理整頓されている。その彼がツリーを出しっぱなしにするのは少し妙だ。何か理由があるのだろうかと首を捻《ひね》りながら、樹は一緒に片づけようと音緒に声をかけた。

『あぁ、そうだよな……ごめん』

モールを取り外す樹を見た音緒は、浮かない顔でツリーの近くにやってきた。

『部屋にツリーがあったこともクリスマスを祝ったこともなかったからさ。こんなキラキラしたもの、奇跡みたいで……しまうのが勿体ないっていうか、一生に一度の祝い事みたいに思っちまって』

寂しそうに笑った音緒は、一つ一つオーナメントを外し始めた。そこで樹はようやく、音緒が次のクリスマスを自分と一緒に祝うのを当たり前に思っていないということを知った。彼に刻み込まれた孤独に、胸が苦しくなる。

『クリスマスは毎年来る。それに今年も一緒に飾り付けをするんだ。だから綺麗にしまっておこう』

今年も一緒に、の部分を強調して言ったら、音緒は眉を下げてほっとしたように笑っていた。

それから少し気にして彼を観察したところ、正月に買った鏡餅の上に乗っていたみかん型の飾りや初詣で出した小吉のおみくじも、音緒の部屋の枕もとに置いてあることに気付いた。そして彼は一月の半ばを過ぎた現在も、それらをたまに大事そうに手に取って眺めている。

一緒に買ったありふれた季節の品を、普通なら捨てるか片づけるかするであろうささやかなものたちを、音緒はこの世に二つとない貴重な宝物のように見つめている。

どれも、毎年一緒に見られるものなんだ。安心して片づけていいんだ。そう伝えたくて精一杯の愛情表現をしているものの、長い年月をかけて彼に染みついた痛みと、かつて樹自身がつけてしまった傷が、音緒を幸せに慣れさせてくれない。

「――樹？」

ベッドの上で急に黙り込んでしまった樹を、音緒が不思議そうに見上げている。ふわりと情事の残り香が鼻腔をくすぐり、目の前の彼への愛おしさが増す。愛おしいからこそ、もどかしい。

互いの愛は伝わっているし、数時間前まで激しく抱き合っていた。チョーカーの鍵もくれようとするくらいなのに、ただ当たり前の未来を信じることができない臆病な音緒。

そんな彼が安心して幸せに浸れるようになるまで、やはりチョーカーの鍵はおあずけだ。樹は改めて決意を固める。

――今は、できることからだ。

胸に音緒を抱いたまま身体を起こし、華奢な彼を抱えてリビングまで大股で歩く。目を白黒させる彼を壁掛けカレンダーの前で降ろし、樹は手近にあった真っ赤なペンを握った。

「そうだな、『どこに行くか』は当日の気分で決めよう」

音緒と出掛ける約束を絶対に反故《ほご》にはしないという意思を前面に出して、樹は次の休日を大きなハートマークで囲った。ポカンと口を半開きにしたままそれを見ていた音緒は、目を丸くして驚いた後、頬を掻いて照れくさそうに笑った。

——少しずつでいい。こうやって一つ一つ、音緒が約束を怖がらないように安心させていこう。

微笑ましい気持ちで音緒の髪を梳《す》いて形のいい額に口づける樹はこのとき、自分の母親——高《たか》城華代《じょうはなよ》がまた一波乱起こすことになるとは思いもしなかった。

＊＊＊

樹が大きなハートマークをつけた当日の朝、音緒は休日にしては少しだけ早起きをした。まだ寝惚けている樹の腕の中から這い出て洗面所へと向かう。途中通りかかったリビングのカレンダーを見て、自然と頬が緩む。

このところ忙しかった樹も無事に丸一日休みを取れた。天気も晴れで、穏やかな朝だ。デートも嬉しいけれど、樹が一カ月記念を気にしてくれていたことはもっと嬉しい。

「へへっ、どこに行こうかな」

顔を洗って髪を整えて鼻歌を歌いながら洗面所を出ると、起きてきた樹と廊下で出くわした。すれ違いざまにお揃いのパジャマでおはようのキスを交わしたあと、音緒は自室のクローゼットを開けてクリーム色のニットパーカーとデニムを手に取る。

以前は一張羅の黒コートと数着の普段着しかなかった音緒の部屋のクローゼットは、今や樹が買ってくるやたらと高品質な衣服で溢《あふ》れている。そんなに荷物を増やさなくてももう勝手に出て行ったりしないから、と伝えたらようやく怒涛《どとう》の購入が止まったが、あのまま放置していたら自室がまるごとクローゼットになっていたかもしれない。

――このニット、肌触りよくて気持ちいいんだよな。

少し前までの自分なら絶対に似合わないと思っていた淡い色のニットパーカーを被り、すぽんと頭を出したところで、玄関から聞き覚えのあるヒステリックな声が聞こえた。デジャブだ。彼女は毎回、朝一で人の家に来て金切り声を上げないと気が済まないのだろうか。

自分のことを害虫のごとく嫌っている声の主――樹の母親である華代の声に、緩んでいた頬が強張り、ずきんと頭が痛みだす。音緒が自室でこめかみを押さえている間に、樹と彼女の声は激しい口調で言い合いながらリビングの方へ移動していく。

「母さん、俺は今日予定があります。勝手に家の中に入らないでください」

「息子の家に上がって何が問題だって言うの？　それに来客を部屋に通すのは当然でしょう。樹さん、あの知性も品性もないオメガの無礼さが伝染《うつ》ったんじゃないかしら」

早速言いたい放題言われており非常に顔を出しにくい状況だが、いつまでも隠れているわけにはいかない。浮かれた気持ちが萎《しぼ》んでいくのを感じながらリビングの扉を開けると、こちらを見てハッとした様子の樹と目が合った。

「すまない音緒。すぐに帰らせるから。母さん、俺は彼と番になると言っているでしょう。彼以外の相手は考えられない。先月の見合いの席でも、そのあとの電話でも、そうはっきり伝えたはずだ」

「それを許可した覚えはないわ」

「俺の一生の相手を決めるのに、貴女の許可は必要ない」

「私は貴方の親よ。無関係とは言わせないわ。聞き分けのない子どもじゃないんだから分かってちょうだい」

樹が自分とのことを母親にきちんと伝えてくれていたことに、萎んだ心が少しだけ回復するが、それでも華代は音緒のことを一切認めていない。冷たい視線で音緒を一瞥した彼女は、溜息とともにリビングのソファに腰掛けた。

「母さん！　長居は困ります、迷惑です」

「いいから、貴方も座りなさい。今日はこんな不毛な話をしに来たんじゃないのよ」

「だったら今すぐ用件を言って帰ってください」

樹は今日の一カ月記念のデートの約束を反故にするまいと必死になってくれているが、華代は気にする様子もなく優雅に脚を組んでいる。

——やっぱり今日、出掛ける約束なんてしない方がよかったのかも。

不意にそんな考えが過《よぎ》ってカレンダーの大きなハートマークをちらりと横目で見た瞬間、ぐっと右手を樹に握られた。樹の手が温かく感じられて、自分の指先が思った以上に冷えていたことに気付く。

「言っておきますが、見合いならお断りします。もし無理やりさせるようなら、母さんの顔にも相手の顔にも遠慮なく泥を塗ります」

音緒の不安を感じ取ったのか、樹が先程より一層きつい口調で言う。華代はそれを聞いて、肩を竦めて息を吐いた。

「今日は長居する気もないし、見合いの話でもないわ。来月、貴方の誕生会をやるから実家に来なさいと言いに来ただけよ」

「お断りします」

間髪容《かんはつい》れずに拒絶の姿勢を示した樹の表情は固い。まるで天敵に付け入る隙を与えまいとしているようだ。

「どうして？　たまにはいいでしょう。昔は毎年やっていたじゃない」

「それは子どもの頃の話でしょう。しばらくやっていなかったものを、このタイミングで、しかも実家でやろうだなんて裏があるに決まっている。もうこれ以上、俺たちに構わないでください」

「それは無理よ、家族だもの。それに家族が家族行事をしようとして何が悪いのかしら」

「だったら——家族の縁を切ってください」

音緒の右手をぎゅっと痛いほどに握りしめた樹は、額に青筋を浮かべて言い放った。

「音緒を俺の生涯の相手として認めない人に、血の繋がりがあるというだけで縛られるくらいなら、俺はそれを捨てる」

樹の絶縁宣言にさすがの華代も絶句しているが、それ以上に音緒も血の気が引いていた。

樹が音緒のことを大事に想ってくれているのは伝わってきた。それは素直に嬉しいし、音緒だって華代に何か言われたところで樹と離れるつもりはない。

しかし、樹に家族と縁を切ってほしいわけではない。天涯孤独の音緒だからこそ、家族というものの大切さを知っている。血の繋がりがすべてではないけれど、今みたいなカッとなった状況で縁を切ってしまうのは望ましくない。

「ちょっと、樹、落ち着けって。そこまでしなくたっていいだろ」

「俺は落ち着いている。それに、この人には何を言っても無駄なんだ。だったら絶縁するしかないだろう」

樹の表情は冷静だが、その手の温度は先程より冷たい。平常心ではないのだ。ここで絶縁したら、樹はきっと後悔する。

「さすがに見合いには行ってほしくないけど、誕生会なら仕方ないだろ。行ってこいよ」

ひとまず樹を落ち着かせようと広い肩に手を置いてそう口にした瞬間、樹は顔面を蒼白にして音緒に抱きついた。

「嫌だ。絶対に行かない。俺は二度と音緒を置いて出掛けたりしない」

「あ……しまった」

この台詞は逆効果だったと音緒は頭を掻く。

イブの朝、音緒は樹を見合いに送り出した後に一人荷物をまとめてこの家を出た。久利のおかげで失踪は短時間で終わったものの、あれ以来、樹は音緒の「行ってこいよ」が軽くトラウマになっている。

樹の取り乱しように華代も目を丸くしている。どうしたものかと考えながら、樹の背中をぽんぽんと叩く。

「大丈夫だって、もう出て行ったりしねぇから」

さっきまでの剣幕から一転、駄々っ子のように音緒に縋《すが》りつく樹と、それを宥《なだ》める音緒。そんな二人を微妙な顔で眺めていた華代は、深い溜息を吐いて腰を上げた。

「樹さん、心配しなくても、そちらの方もお呼びしていいのよ。そこの貴方、ぜひ樹さんと一緒に我が家にいらしてくださいね。ご家族も一緒に——あぁ、身寄りがないんでしたっけ」

最後に侮蔑《ぶべつ》の表情とともに嫌味たっぷりの台詞を音緒にぶつけた華代は、ふんと鼻を鳴らして帰っていった。

音緒はくっつき虫になった樹を引き摺って玄関を施錠してリビングに戻り、二人でソファにどかっと座る。朝から消耗がすごい。小さく息を吐いた音緒に気付いたのか、ソファに沈んでいた樹が姿勢を正して音緒の手を取った。

「すまない。先月イブの見合いを途中で蹴ったあと、音緒がいるから見合い話は今後一切持ってくるなと改めてあの人に電話したんだ。無言で切られて、それから音沙汰がなかったから、ようやく諦めてくれたのだと油断していた」

「そんなに気にするなって。それにしてもいくら俺のためとはいえ……さすがに縁を切るってのは言いすぎだろ」

絡めた手を握り返しながら言う音緒に、樹はキッと目を眇《すが》めた。

「言いすぎではない。音緒のことをあんなふうに言う人との縁など不要だ。もう分かってもらおうとも思わない。当然、誕生会なんてふざけたものにも行く気はない」

「冷静になれよ。今回は見合いじゃないんだし、俺も一緒に行くんだから」

なんとなくだけど、この誕生会を拒絶してしまったら樹は本当にこのまま家族と縁を切ってしまう気がする。嫌な予感がしてそう言い募ると、樹は眦《まなじり》を吊り上げた。

「何を言ってるんだ。ただの誕生会なわけがないだろう。どうせ誕生会という名目で見合いでも勧められるんだ。そんな場所に音緒を連れて行くわけにはいかない。音緒が傷つけられるだけだ」

「そうなったらはっきり断ればいいだろ。俺はただ――」

「嫌だ。俺はもう、一瞬でも音緒に悲しい顔をさせたくないんだ」

「樹、話を聞けって！　というか、この状況でケツまくって逃げるほど俺は弱くねぇ！」

「逃げる逃げないの問題ではないだろう！」

「いや、そうだけど、問題はそうじゃねぇっていうか……」

樹があまりに頑《かたく》なに断固拒否の姿勢を崩さないので、だんだん腹が立ってきた。

音緒のことを心配してくれるのはありがたいが、それが原因で樹が家族との関係を断ってしまうのは嫌だ。世の中には本気で害悪でしかない親というのも稀《まれ》に存在するが、もしそうなら樹はとっくに縁を切っているはずだ。今は頭に血が上っている樹だけど、絶縁への迷いが一切ないわけではないだろう。

このままではダメだということは分かる。音緒だって華代に認められたいとか仲良くなりたいと思っているわけではないけれど、十分に向き合えないまま突き放すみたいにして逃げるのは間違っている気がする。

だからといって双方が納得するような解決策など思いつくはずもなく、ただ不毛なやりとりの繰り返しになってしまうのがやるせない。

音緒が唇をぐっと噛んで目を伏せると、ふと時計を見た樹は立ち上がって部屋に消えていった。

「……結局デートどころじゃなくなっちまった」

楽しみにしてたんだけどな、と俯《うつむ》いた顔を上げた瞬間、パジャマから私服に着替えた樹が自室から出てきた。白いVネックの長袖シャツとダークブラウンのロングカーディガンは、最近音緒の見立てで買ったものだ。

「朝食はカフェで食べるか」

飄々《ひょうひょう》とそんなことを言いながら上着を羽織った樹は、状況が飲み込めない音緒にオフホワイトのコートを着せた。

「へ？　ちょ、樹？」

「話が途中になってしまって悪いが、今日は一カ月記念のデートの約束があるんだ」

知ってる。それ、今まさに喧嘩になりかけてた俺とだよな？　と言い返すより早く、樹に連れられて音緒は玄関を出た。

頭の上に大量のクエスチョンマークを浮かべたまま車に押し込まれ、道中のカフェでベーグルを口に突っ込まれた音緒が連れて来られたのは水族館だった。

「遊園地もいいと思ったんだが、この季節だと外はまだ寒いから水族館にした。ここはイルカショーも屋内なんだ。昼の公演は一時間後だな」

入り口にあったパンフレットを手に取って几帳面にルートを一通り確認した樹は、音緒に手を差し出してきた。あの状況で事前に約束していたデートをスケジュール通りきっちりと優先したのは、さすが堅物というべきなのか。

――樹って、そういうとこあるよな……。

心の中で呟いたらなんだか脱力してしまって、先程までの深刻な気分は霧散《むさん》していった。

「ショーとかあんの？　俺、水族館初めてなんだ」

ニッと笑って樹の手を引くと、樹は嬉しそうに目を細めて指を絡めてきた。

互いに問題をだらだらと先延ばしにするタイプではないのは分かっている。帰ったら改めて腹を割って話し合えばいい。だから今は一カ月記念のデートを楽しもう。そんな視線を交わし、手は恋人繋ぎのまま薄暗い展示エリアに足を踏み入れる。

「うわ、すげぇ……」

「これはプロジェクションマッピングか」

珊瑚《さんご》や熱帯魚がいくつかの水槽に分かれて展示されている最初のエリアで、音緒はいきなり感嘆の声を漏らした。

幻想的な色や形の魚たちと融合するかのように、壁や床、天井にまで投影による空間演出が施されている。足元には水面が映し出され、自分たちまで海の中にいるような感覚に襲われる。樹もクオリティの高いデジタルアートを目の当たりにして、感心したように瞬きをしていた。

「すげぇな……」

その先にある色とりどりの照明を駆使したクラゲのエリアも、たくさんの魚たちが悠々と泳ぐ巨大水槽も、上から太陽光が差し込む海中トンネルも、どれもこれもが新鮮で、音緒はあっちへこっちへと樹を引っ張り回した。

「音緒――」

「あっ、悪い。ついはしゃいじまった」

名前を呼ばれて、音緒はようやくハッと正気に戻った。己の言動を振り返り、デートというより休日のお父さんと子どもみたいになっていた気がする――と少し恥ずかしくなって俯く。数秒して、ぽんと頭に樹の手が乗る。

「いや、こんなに楽しんでくれるとは思わなかったから嬉しい。実は俺もここに来るのは初めてだったんだ。だから一応昨日ルートを予習して、入場時にもパンフレットで再確認したんだが――」

「……ルート完全無視して悪かったな」

あっち行こうぜ、戻ろうぜ、二階行ってみようぜ、と樹を連れて縦横《じゅうおう》無尽《むじん》に駆け回ってしまった音緒は、気まずくなって口を尖らせる。しかしそんな音緒の額に軽く口づけた樹の瞳の奥には、愛しさが溢れている。

「逆だよ、目をキラキラさせながら見たいものに向かって直進する音緒と一緒に回って、水族館というのはこんなに楽しいものだったのかと感動した。水族館自体は幼い頃に何度か連れて行かれたことがあるけれど、俺はいつも楽しみ方が分からなくて、ただ魚の生態を観察するだけだったから」

喜びを噛みしめるような声で言われると、なんと返していいか分からない。とりあえず照明の暗いエリアでよかった。顔が赤くなっているのを誤魔化《ごまか》せる。

「そーかよ。まぁ、なんだ、俺も楽しいぜ」

照れ隠しに下を向いてぼそぼそ言っているうちに、それとなく手を引かれて連れて来られたのは大きなプールのようなものがある会場だった。

「そろそろイルカショーの時間だ。席は——ここでいいか」

冬場だが屋内なので観客はそれなりに多い。周りにつられてわくわく気分で会場を見渡していると、ほどなくしてショーが開始された。

天井から水面に落ちるウォーターカーテンとそれを彩る照明の下で、五頭のイルカたちがキャストの合図で華麗に舞う。タイミングを合わせたジャンプは圧巻で、音緒はショーの間の三十分間、口を開きっぱなしで見入っていた。

「イルカ、すげぇ……」

今日はいつも以上に語彙《ごい》が少なくなっている気がする。不意に隣から視線を感じたので、興奮冷めやらぬ潤んだ瞳と上気した顔で樹を見上げたら、ンンッと呻《うめ》かれた。

「ん？　どうかした？」

「なんでもない。それよりまだイベントが残っているからあっちに行こう」

イベント？　と首を捻りながらイルカのプールの前に行くと、そこには数組のカップルや親子が集まっていた。

「イルカふれあい体験に参加される皆さまはこちらへどうぞ」

キャストの女性の声に、音緒はなんだなんだときょろきょろする。

「ふれあい体験？　あ、あそこの看板に予約必須って書いてある。樹、予約してたのか？」

「あぁ。このあとはカピバラふれあい体験も予約している。ペンギンの餌やりはすまないが満員で予約できなかった……でもヒトデやアメフラシはあっちのエリアで予約なしで触れる」

ふれあいイベントを完璧に把握している樹はなんだかシュールだけど、それだけ彼もこのデートを楽しみにしてくれていたんだと思うと嬉しくてにやけてしまう。

「音緒、イルカが来たぞ」

「うわ、ほんとだ。思ったよりでかい！」

プールの縁に寄ってきたイルカにおそるおそる手を差し出してその背を撫でる。

「つるつるしてる……わ、わ、握手してくれた！　樹、こいつ握手してくれたっ！　可愛いなぁ」

「あぁ、可愛い。最高だ」

目を輝かせて喜びを伝えたが、樹は瞬きもせずに音緒を見ている。イルカを見なくていいのだ

ろうか。

「これにて体験イベントは終了になります。イルカさんに手を振ってあげてください！」

キャストに従って参加者全員で手を振った先では、イルカが器用に手を振り返してくれている。

音緒が撫でたイルカは、こちらに向かってバイバイしているように見える。それがあまりに愛くるしくて、音緒はしばらく胸のきゅんきゅんが収まらなかった。

その後、のんびりと動くカピバラに餌をやったり、なんともいえない感触のアメフラシに触れたり、施設内のカフェで軽食をとったりして、気付けば夕方になっていた。

「音緒、そろそろ帰るか」

自由に動き回る音緒に引っ張り回されながらも幸せそうにしていた樹に促されて視線を移した窓の外では、もう日が沈み始めていた。たくさん歩いて足も疲れてきたし、閉館時間も迫っている。

「うん……なぁ、最後にもう一回イルカの水槽見てもいい？」

ねだるのは子どもみたいで恥ずかしかったが、おずおずと聞いてみる。

「もちろんだ。平面の水槽よりあっちの方がよく見えるな」

快諾してくれた樹と一緒に二つ前のエリアまで戻り、海中トンネルからイルカたちが水中を舞う姿を眺める。先程のイルカが、音緒の近くにやってきた。顔の作りのせいか、笑いかけてくれているように見える。

しばらく水槽に張り付いて、愛らしい姿を目に焼き付ける。幼い頃から極貧生活でこういった場所に来る余裕がなかったから、人生初の水族館は本当に楽しかった。

すごいショーを見せてくれてありがとう、握手できて嬉しかった、夢の世界みたいだった、ちょっとだけ帰るのが勿体ないと思ってしまうくらい——そんな気持ちを込めて、バイバイと手を振る。イルカは愛嬌のある顔でこちらを見つめたあと、首を傾げるようにして遠くへ行ってしまった。

「樹、ありがと。満足した。帰ろうぜ」

振り向いて歩き出そうとするのを引き留められて、樹に肩をぎゅっと抱かれる。どうしたのかと樹を見上げようとしたら、身体の向きを変えて正面から見つめ合う格好にされた。樹の表情は、少し硬い。

「え、なに——」

「来週も再来週もここに来よう。だから、イルカと今生《こんじょう》の別れにはならないから、そんな顔をしないでくれ」

「え、俺、そんなひどい顔してた……？」

一瞬揶揄われているのかと思ったが、樹は真剣そのものだ。

「休日にデートをするのも、水族館に行くのも、イルカに会うのも、普通のことなんだ。全然特別なことではないんだ。それだけじゃない。クリスマスに一緒にツリーを飾るのも、正月におみくじを引いて見せ合うのも、毎年毎年当たり前にできることなんだ」

もどかしそうな声に、音緒はびくっと肩を震わせた。

ツリーを片づけるのを渋った音緒が「クリスマスを一世一代の祝い事のように感じてしまった」と口にしたのを、樹はずっと気にしてくれていたのだ。

樹と囲むいつもの食卓ですら自分には不釣り合いな幸せだと感じていることを、ちょっとしたデートやイベントを当たり前には思っていないことを――ふとした弾みで失ってしまうかもしれないと思っている、音緒の根底にある不安に、樹はきっと気付いている。

「来週デートをしようと約束したら、その約束は果たされて当然なんだ」

「……うん」

「もしやむを得ず延期や中止になったときも『やっぱりな』と諦めるのではなく、『楽しみにしてたのにがっかりだ』と怒っていいんだ。そうしたら俺は、その次のチャンスで必ず挽回すると約束する。だから今すぐには無理でも、先の約束を、俺との未来を、安心して期待してくれるようになってほしいと思っている」

「………うん」

自分の返事がだんだん涙声になっていく。

不意に、同居を始めたときに「ただいま」には「おかえり」、「いってきます」には「いってらっしゃい」と返すんだ、と樹が教えてくれたことを思い出した。

そんな他愛ない挨拶《あいさつ》やデートの約束などという世間では普通のことを、音緒は今まで生きてきた環境のせいでうまくできない。

だけど樹は、音緒に当たり前の暮らしと幸せを享受《きょうじゅ》してほしいと望んでくれている。それはなんだかとても、胸が苦しくなるほど幸せだ。

「俺が去年のイブの朝に出掛ける約束を反故にしたことで、余計に音緒を不安にさせてしまったんだと思う。もう気にしていないと言ってくれたが、傷つけたことには変わりないだろう」

未だにあの日の行いに罪悪感を抱いていた樹は、カレンダーに先の予定を書き込めない音緒にずっと心を痛めていた。そんな中、華代の襲来により家族の問題まで再浮上して余計に焦り、結果的に今朝は喧嘩みたいになってしまったと、樹は切なげに眉を寄せて説明してくれた。

すまない、と頭を下げる樹の手を取って、音緒はゆっくり首を横に振る。

「俺もごめん。俺の人生でこんなに毎日幸せなことってなかったから、なんか夢とか奇跡みたいに思っちまってた」

互いに気持ちは伝え合っていたつもりだけど、自分の弱い部分を話すことはあまりなかった。

樹にも久利にも「強がり」と言われるわけだ、と音緒は目を伏せて苦笑する。

「樹のことは信じてるんだ。でも今の幸せは俺には綺麗すぎて――例えるなら虹みたいなもので、いつかふっと消えちゃうんじゃないかって考えがどうしても抜けきらなくてさ。だからこの前、一カ月記念のデートに誘ってくれたときもすごく嬉しかったのに、約束するのに二の足踏んじゃって……」

片思いのときは何をするにもダメ元のようなところがあったけれど、恋人同士になってからは慣れない愛情にひたひたに浸されたせいか、約束なんてしたら自分でも制御できないくらいに期待が膨《ふく》らんでしまうような気がして怖くなった。樹が誘ってくれても、臆病さが先に立って応《こた》えてあげられなかった。

「樹はこんなに俺のこと気にかけてくれてたのにごめんな」

「虹みたい、か……音緒は虹が何でできているか知っているか？」

顔を上げた樹に唐突に問われ、首を傾げる。

「ええと……なんだろ。雨上がりに特別な成分が生まれて、それが虹になる、みたいな？」

もしかしたら一般常識なのかもしれないが、自分の脳みそをほじくり返しても正解が出てこないのは明白だったので思いつくままに答えてみる。なにせ音緒は貧乏すぎて教科書も揃えることができず、それどころか子どもの頃から生活費を稼ぐべくアルバイトに明け暮れていたため、義務教育レベルの知識すら正直ぎりぎりアウトだ。もちろん、中学卒業以降は科学に興味を持つ暇なんてなかった。

七色あるくらいだから色によって成分が違うのだろうか。さっぱり分からないが、ひとまず貴重な現象というイメージだ。

「そんな大層なものではない。光と水、それだけだ。しかも雨上がりでなくても、光さえあれば虹はわりと簡単に作れる」

虹は太陽光が細かい水の粒の中で屈折したり反射したりしてできるものだから、太陽を背にして霧吹きを噴射しまくれば作れるらしい。

「虹が消えると、あの七色を形成していたものがすべて消滅したみたいに思えるかもしれない。でも実は虹というのは、いつもそこにある太陽光が単に水の粒を介してカラフルに視覚化されているだけなんだ。虹が見えなくなったって太陽や水が世界からなくなるわけでもないし——何もなくならない」

音緒の髪を撫でる樹の表情はどこまでも優しい。すべてを包み込む眼差《まなざ》しから目が離せない。

「水は蛇口を捻れば出るし、霧吹きは百均で売っている。降り注ぐ太陽の下、ありふれた日常の中に、七色の光を作る要素は溢れている。特別でもなんでもない。たとえ虹が見えなくなっても、虹の材料はいつだってそこら中に転がっている。だから怖がらなくていい」

大事なものを丁寧に手渡すみたいに言葉を一つ一つそっと耳に届けてくれた樹は、目を細めて音緒の身体を抱き寄せる。

「俺の心に降り続いていた雨は音緒が晴らしてくれたんだ。そして、音緒はこれから先ずっと俺と一緒に太陽の下を歩いてくれるんだろう?」

こつんと合わせた額から樹の気持ちがすっと沁み込んできて、音緒は背伸びをしてすりすりと擦り寄った。

「……うん。そっか、分かった。これからは幸せなのが当たり前って思えるように、早く慣れるように頑張る」

「あぁ。俺ももっと音緒が安心して幸せに浸れるように頑張る」

顔を見合わせて微笑み合った二人はイルカたちに見守られながら仲直りのキスをして、手を繋いで水族館をあとにした。

「イルカ、可愛かったな」

「イルカを見てはしゃぐ音緒も可愛かったぞ」

「珊瑚と熱帯魚のエリアの演出、幻想的で綺麗だったな」

「幻想的な照明の中で水槽に見とれる音緒も綺麗だった」

「カピバラのお尻撫でたらコロンって寝ちゃうの、めちゃくちゃ可愛かったな」

「寝転がったカピバラを見て『コロンってなった！　コロンってなった！』と大喜びする音緒も最高に可愛かった」

デパートで出来合いの夕飯を買って帰り、食後に一緒に風呂に入ることにしたのはいいものの、湯船で向かい合って座る樹の口からは水族館の感想ではなく音緒への感想しか出てこない。

「俺のこと以外で感想ないのかよ！」

音緒は樹によって強制的に首にかけられた項ガードのためのタオルを思わずぐっと握りしめ、頬を膨らませてむくれる。せっかくの水族館デートだったのだから、ちゃんと水族館の感想を言ってほしい。

「生き物たちも可愛かったし最新式の空間演出も美しかったが、楽しそうな音緒が一番綺麗で可愛かったんだから仕方ないだろう」

蕩《とろ》けそうに甘い双眸《そうぼう》に見つめられ、音緒は言葉に詰まる。樹は風呂では眼鏡をしていないので、激甘な眼差しをレンズ越しではなく直で食らってしまった。むくれた顔は保てそうにない。

苦し紛れに手でぴゅっとお湯をかけてやったら、すかさずパシャパシャと反撃された。

「ぶっ、こら、やめろよ――」

お湯を弾き飛ばす樹の手首を掴んだ拍子によろけて、音緒は樹の胸へダイブした。厚い胸板に頬がくっつく格好になり、急な密着でじわりと体温が上がる。

「わ、わりぃ……」

正面に座っていたときはあまり気にならなかったが、裸の胸に抱きついた状態はさすがに照れる。

しかし顔を赤らめた音緒が身体を起こすより早く、樹の腕の中に閉じ込められた。

「来月の誕生会、行こうと思う」

少し硬い声で言われ、息を呑んで樹の胸から顔を上げる。

「どうなるかは分からないし、結局縁を切ることになる可能性もあるが……」

「樹が納得いくまでやりきった結果なら、俺は樹の考えを尊重するよ。俺はただ、あのまま言い争った勢いで縁を切っちゃうのはよくないっていうか、後悔するんじゃないかって思ったんだ。だから後悔しないように二人で考えて乗り越えようぜ」

「――ありがとう。俺にとって音緒がどれほど大切な存在か、それだけはちゃんと伝えたいと思う。……音緒にも嫌な思いをさせてしまうかもしれないけれど、絶対に俺が守ると約束するから一緒に行ってくれないか」

こちらを見つめてくる真摯《しんし》な瞳に負けじと、音緒はニッと強気な笑みを浮かべる。

「その約束、信じるぜ。よっしゃ、二人で顔出してけじめつけるぞ」

そしてそれが終わったら、チョーカーの鍵を貰ってほしいと改めてちゃんと言おう。音緒は胸の内で決意して、頬を撫でてくる樹の指先を握った。

少し前までは消えてしまうかもしれない幸せに焦って、早く項を捧げてしまいたいと思っていた。けれど音緒は今日、自分の臆病な部分と向き合った。そして音緒が幸せに浸れるようにと、樹も願ってくれていることを知った。幸せに慣れる覚悟はできた。だから今は心の底から樹のものになりたいと思っている。

音緒の気持ちが伝わったのかは分からないが、樹は音緒の指を搦《から》めとり、そのまま誓うように手の甲に口づけた。まるで王子様のような動作に見とれていると、樹の瑕疵《かし》のない顔が近付いてきて、音緒の顔にキスの雨を降らせていく。

湿った唇が首筋に移動してきたあたりで、浴室に甘い匂いが漂い始める。大きな手で細い腰を摑まれて引き寄せられると、反射的に身体の奥がずくんと反応してしまう。

「樹、する……？」

「――ここでは、しないからな。家族の問題が片づいていないし、まだダメだ……！　先に出てチョーカーをつけておいてくれ」

鉄壁の理性で踏みとどまった樹は音緒を解放した。やはり彼も、少なくとも誕生会の一件が片づくまでは項を貰ってくれる気はないらしい。今ならチョーカーをしていないし、タオルを取り去ればすぐにでも噛みつけるというのに、揺るぎない堅物っぷりだ。

しかし相当我慢しているのか、端整な顔のパーツが中央にぎゅっと寄って、少し面白い顔になっている。

「ベッドで待ってる」

汗ばんだ樹のこめかみに、ちゅっとキスをして浴室を出る。身体を拭いて寝室に向かう背後から大型の肉食獣みたいな唸《うな》り声が聞こえてきて、ちょっと笑ってしまった。

その後ベッドで睦み合った二人は身を寄せ合って眠り、朝になって起き出した音緒がリビングのカレンダーの前を通りかかると、次の休みのところがハートマークで囲まれていた。余白には樹らしい神経質に角ばった文字で「水族館」と書かれており、当日は予定通り水族館に行って再びイルカと握手をした。

その次の休みも水族館デートになり、次の次の休みも水族館になりそうだと察した音緒が家でゆっくりしようと提案して、樹の水族館デート無限ループ作戦は終了した。

たしかにイルカと今生の別れのような顔をしていた音緒に「来週も再来週もここに来よう」と言ってくれたけれど、ここまで有言実行されるとは思わなかった。

自分が止めるまで本気で水族館に通うつもりだったという堅物に、音緒は呆れつつも愛おしさを感じたのだった。

＊＊＊

「明日だっけ？　例の誕生会とやらは」

土曜出勤していた樹は、同じく出勤してきた久利の声にパソコンから顔を上げて頷いた。

「はい。実際の誕生日は明後日――月曜で平日なので、明日の夕方に実家でのディナーがセッティングされました」

「まったく、誕生日前に大変だね」

眉をさげる久利に、樹は内心で苦笑した。

自分たちのことを心配してくれる彼だって、相当忙しい身だ。そもそも誕生会のことも余計な心配をかけてしまうから言うつもりはなかったのに、勘が鋭く観察力に優れた彼にはすべてお見通しで、あれよあれよという間に口を割らされたのだった。

「僕なんかは実家＝寛げる場所ってイメージだけど、いっちゃんの家は違うからなぁ」

「まぁ……帰省で気が重くなるのはもう条件反射みたいなものなので」

久利の言う通り、樹にとって実家というものは、マウントの取り合いに巻き込まれたり、総合病院を辞めたことへの苦言や見合い話などがひっきりなしに降りかかってくるところだ。決して寛げる場所ではなく、むしろ常に気を張っていなくてはならないので、どちらかというと敵地に近い。

「でも今回は意気込みが違います。音緒を守る覚悟も、家族と向き合う覚悟もできました。あとはとにかく俺にできることを精一杯やるだけです」

自分は口が達者な方ではないので、簡単に円満解決できるとは思っていない。ただ音緒のためにも自分のためにも、このまま突き放して終わりにはしないと決めたのだ。そして今回自分を信じてついてきてくれる音緒のことだけは誰にも傷つけさせないと心に誓っている。

「うん、音緒くんのこと守ってあげてね。あの子の悲しそうな顔はもう見たくない。けど、僕にできることには限りがあるから」

ぽん、と肩に手を置く久利を見上げると、垂れ目の奥が少しだけ揺らいでいるように見えた。

「室長――」

久利は音緒を心底大事にしている。以前音緒を傷つけたときに拳《こぶし》で殴られたから、樹は身をもって知っているし、彼には頭が上がらない。

ただ久利の音緒への気持ちが、本当に彼がよく言う「可愛い弟分」としてのものなのか、たまに分からなくなる。樹が他人の感情の機微に疎《うと》いのもあるが、普段へらへらしているこの上司は、とにかく相手に本心を悟らせない男なのだ。

「室長は音緒のこと――」

つい口をついて出た言葉に、久利も目を丸くして固まった。

そんなことを聞いてどうする。もし彼が音緒に恋情を抱いているとしても譲《ゆず》ることなどできないし、樹のことも音緒のことも気にかけて大切に思ってくれている彼に対して罪悪感が募るだけだ。

ハッとして口を噤《つぐ》んだ樹は、おそるおそる久利に視線をやる。すると予想に反して彼はにやけた顔で笑っていた。

「いっちゃん、やきもち？　まあ音緒くんは僕に一番心開いてくれてるもんね、うんうん、仕方ない。正直いっちゃんにあげるのも勿体ないくらい可愛い弟だから、くれるならいつでも貰うよ！　そしたらもう一生部屋から出さないで、ひたすらご飯をいっぱいあげる」

「……あげませんよ。室長の可愛い弟さんはうちに嫁ぐんです。というか室長、ペット太らせるタイプでしょう」

相変わらず何を考えているのか分からない、食えない笑顔で眉間の皺をつんつんされ続けて、樹は激しく脱力した。一瞬でも悩んだのが馬鹿らしく思えるくらいの揶揄われっぷりだ。

この人にシリアスな話を振ったのが間違いだった。久利はオメガ医療に関わる部分については真摯だが、それ以外は生真面目な樹がおちょくられて終わることの方が多いのだ。第一、樹の対人スキルで久利と腹の探り合いなどできるわけがなかった。

「あはは、いっちゃんはなんでも深刻に考えすぎなんだって。今回の誕生会も気負いすぎないようにね。家族だって言ってしまえば別の個体だし、意見が合わなくて当然くらいに思っておきな。いっちゃんは研究以外ポンコツだけど、音緒くんへの愛情は世界一なんだから、それを武器にすればきっと無敵だよ。あぁ、明日の打ち合わせがなければ僕も音緒くんの家族枠で同行するのに」

眉間を好き放題突かれ揉まれたのは不満だが、冗談交じりに励ましてくれた言葉には不覚にも安心してしまった。チャラさが玉に瑕《きず》だけど、久利の存在なくして今の音緒との関係はなかったし、なんだかんだ仕事でもプライベートでも尊敬できるいい上司なのだ。

「ありがとうございます。……明日の打ち合わせって、副作用検査薬の件ですよね？」

「あ、うん。この前打診したメーカーが技術的にダメでさぁ。やっぱり大手に開発してもらうしかなさそうだけど、大きい会社は上に話が行くまでの道のりが長いんだよねぇ。上に直談判する機会さえくれれば僕がなんとかするのに」

久利はふざけて頬を膨らませているが、目が結構本気だ。

「すみません。俺も心当たりのある身内に当たってみたんですけど、金にならない話に貸す耳はないと言われアポすら取れず……」

「オメガ医療は比較的新しい上に専門的な分野だし、母数の大きいベータの疾患と比べて患者数も少ない。しかも大きな利益が確実に出るってわけじゃないから仕方ないよ。それよりいっちゃんは明日の誕生会をしっかり切り抜けなさい！」

室長である久利は樹以上に多忙を極めているはずだが、それをおくびにも出さずにバシッと樹の背中を叩いて気合を入れてくれた。

「はい、死力を尽くします」

「死力って……やっぱり硬いなぁ。大丈夫かなぁ」

うっかり気合が入りすぎて肩をいからせたら、眉を八の字にした久利に心配されてしまった。

「僕はたしかに音緒くんのことを大切に思っているけど、同じくらいいっちゃんのことも大切なんだよ」

不意打ちでそんなことを言われて思わず感動してしまったが、すぐに「あ、感動した？　うるっと来た？」と変な動きで周りを旋回されたので、樹は感謝の言葉の代わりに氷点下の視線を久利に向けておいた。

「荷物も積んだしそろそろ出ようぜ、樹」

翌日、樹は音緒と二人、午前中のうちに車にギターを二本積み込んだ。まだ二月の末だが今日は天気がよく暖かいので、昼間は実家の近くの大きな公園で気ままにギターでも弾こうということになったのだ。

「そうだ、樹。一日フライングになるけど、これ誕生日プレゼント。今日お守り代わりに着けた方がいいかなって思って」

運転席に乗り込んだところで、助手席の音緒から小さな箱を渡された。数日前から彼はそわそわしていたので何か用意してくれていることには気付いていたが、樹が驚くのを自信満々に待っている可愛い恋人の期待に応えるべく渾身のびっくり顔をして見せる。

「プレゼントなんて用意してくれてたのか。ありがとう。すごく嬉しい――ブローチか、綺麗だな」

美しいベルベットの箱から出てきたのは、タックタイプの小さなブローチだ。きらりと光るのはアメシストで、樹の誕生月である二月の誕生石らしい。研究センターでのアルバイトで貯めたお金で買ってくれたのだろう。

「誰かにプレゼントするのなんて初めてだから、事務室の先輩や久利さんにアドバイス貰って……店員さんに、アメシストの石言葉は『真実の愛』『誠実』って聞いて、樹にぴったりだなって思ったから、これにした」

照れくさそうに頬を染める恋人をすぐさま抱きしめたくなったが、彼がぎこちない手つきで樹のスーツの襟元にブローチを着けようと頑張り始めたのでなんとか踏みとどまる。

「へへ、似合うじゃん」

襟元で優しく光るそれは小さいけれど誇らしげで、なんだか音緒みたいだ。そう考えたら樹は自然と胸を張っていた。想いのこもった装飾品は身に着けるだけで勇気をくれるような気がした。

「まだちょっと風は冷たいな。コート厚手にして正解だったぜ」

広い公園の木々の間にあるベンチに腰掛けた音緒が、自販機で買ったホットココアを啜《すす》りながら樹の方に身を寄せてきた。冬場に暖《だん》を求めて擦り寄ってくる猫のような仕草に思わず彼の喉元を撫でると、くすぐってぇよと肩をぺしぺし叩かれる。

「寒いようならカフェにでも入るか？」

音緒に風邪を引かせてはいけないと思い提案するが、ギターを抱えた彼は首を横に振って樹に寄りかかる。

「俺は平気。くっついてれば温かいし。樹は大丈夫？」

「大丈夫……だ」

密着したことでふわりと音緒の匂いが鼻腔をくすぐり、違う意味で大丈夫ではなかったが、おかげで身体は非常に温まっているので風邪の心配はない。

ひそかに匂いを吸い込む樹に気付くことなく、音緒はギターの弦に指を滑らせ、即興で陽気な旋律を奏で始めた。今日の天気によく合う、春の訪れを感じさせるフレーズだ。

樹もギターを構え、日課の基礎練を始める。弦二本で指を痙攣させていた樹は、くそ真面目と評される練習の結果、最近はコードを押さえられるまでに成長した。初心者用の楽譜ならなんとか演奏できる。ものすごいスローペースではあるけれど。

「樹、上達したよな」

手元を覗き込んできた音緒に言われて顔を上げると、嬉しそうな猫目がこちらを見ていた。

「なんか、樹がこんなにギター練習するなんて意外だった。研究に関係ないし、別にギター弾けなくても生きてくのに困らないし、合理的じゃないっていうか。最初からそこそこできるタイプなら楽しいだろうけど樹は才能が壊滅的だし、あえて自分からやろうとするとは思わなかったな」

「……才能が壊滅的は余計だ。まぁ、たしかに昔の俺なら不得手なものにわざわざ挑戦するなんて無駄だと一蹴しただろうな。でも音緒が楽しそうに弾くから、俺もその気持ちを共有したくなったんだ。音緒のように自由に奏でたりセッションできるようになるには、まだ何年もかかるだろうけど」

言ったそばから指が滑ってとんでもない不協和音を奏でてしまい、何年どころか何十年もかかるかも、と樹は顔を顰《しか》める。それを見た音緒は愛おしげに目を細めて、樹に自分の手元がよく見えるようにしてギターを構えた。

「練習熱心な樹には、繰り返すだけでなんとなくいい感じの演奏になる四つのコードを教えてやるよ。最初は指をこの形にして、次はこう——で、こんな感じでストロークすれば、ほら！」

「なるほど、これならコードだけでもリズムを変えれば演奏っぽくなるな」

音緒がメロディを即興で乗せればちょっとしたセッションにもなりそうだ。樹は俄然《がぜん》やる気が出てきて、独特の深みがある四和音のコード進行を手本として見せてくれる音緒に続こうと必死に手を動かす。瞬間、カショ……と情けない音が悲しげに響いた。

「……すまない」

「……そのうち弾けるようになるって」

ピックを持った右手のストロークは見事に空振りした。そしてピックが弦に当たっても左手の押さえが不十分ゆえに音がぶつ切れになってしまう樹に、音緒は若干気遣わしげな顔で精一杯の励ましの言葉をくれた。


夕方になると二人は再び車を走らせ樹の実家に向かった。大きな門を開けてガレージに車を駐め、玄関の前まで並んで歩く。大きな邸宅は相変わらず威圧感たっぷりにそびえたっている。

——音緒を守らなくては。

久利には気負いすぎるなと言われたものの、玄関のチャイムを押したらだんだん緊張してきた。

もう覚悟はできているのだから、と襟元のアメシストにそっと触れて気を落ち着かせる。

「なんだよ樹、緊張してんのか？　心配すんな、いざとなったら俺が守ってやっから」

一歩前に出て振り返った音緒がドヤ顔で樹を見上げ、不敵な笑みを浮かべた。小さく華奢な身体でしっかりと背筋を伸ばして立つ彼は、守られるだけの存在ではないと――対等な関係でいようとしてくれている。

美しくて強くて誰より優しい恋人が愛しくてたまらなくなって、樹は思わず音緒の身体を抱き寄せる。

「ありがとう。音緒のことは俺が守るからな」

対等なのもいいが、早く「守られるのも当たり前」と思ってもらえるようにならなくては。いい意味で気合の入った樹は、昨日久利から貰ったアドバイスを思い出す。

『いっちゃんは研究以外ポンコツだけど、音緒くんへの愛情は世界一なんだから、それを武器にすればきっと無敵だよ』

そうだ、音緒への愛ならば誰にも負けない。小さく頷いて、腕の中にいる音緒のつむじに口づける。

実家は気を抜ける場所ではないし、今日は不愉快なことも少なからずあるだろう。けれど別に命の取り合いをしに行くわけではない。

「俺にできることは、音緒を守り、音緒を愛することだけだ」

口に出したら、決意が一層強まった。そうだ、結果がどうなろうとも、冷静さを失わずにきちんと家族と向き合い、自分にとって音緒がどれだけ大切な存在なのかを伝えるのだ。

「音緒、愛してる」

「な、なんだよ、こんなところで……っ」

照れる音緒が可愛くて、抱きしめて頬擦りしていたらガチャッとドアが開き、昔からいる使用人たちのぎょっとした顔が玄関の中から覗いた。

「えっ」「あの堅物の樹さまが」「玄関先でバカップルのような真似を」という声で我に返った樹は、恥ずかしそうに肘で脇腹をぐりぐり突いてくる音緒の攻撃に無言で耐えた。

＊＊＊

樹が緊張している様子だったから「守ってやる」なんて言ってしまったが、音緒も実は結構緊張していた。だから、樹にぎゅうぎゅうと抱きしめられたことで少しリラックスできたのはよかったかもしれない。使用人たちに見られたのは恥ずかしかったけれど。

「音緒、こっちへ。田中《たなか》さん、俺たちのことは気にせず準備をしてください」

田中という能面のような顔をした男性は、使用人のリーダーらしい。彼にそう伝えた樹は、他の使用人たちの値踏みするような視線から音緒を守るようにしてディナーの席までエスコートしてくれた。

——それにしても、外から見たときも思ったけど、すげぇ豪邸だな。

音緒が昔住んでいたアパートなんてこの家の玄関の靴箱に収まってしまう気がする。樹はこの家にあまりいい印象を持っていないようだが、ここが樹の育った家かと考えるとやはり感慨深い。自分が招かれたからにはきっと何かあるのだろうし、最悪一族総出で糾弾される可能性もあるけれど、さほど悲観的な気分にならないのは樹が守ると言ってくれたからだろう。

樹に手を取られて入ったダイニングは白を基調とした洋風の造りで、奥にキッチンがあり、仕切りを挟んで手前に軽く十人は座れそうな大きな円卓が鎮座していた。真上にはシャンデリアが煌々《こうこう》と輝いている。

シャンデリアってどうやって掃除するんだろうとか、真っ白なテーブルクロスってカレー食べたあとは洗濯が大変そうだなどと考えてしまう庶民の自分には縁のないセットだ。

この場を取り仕切っている華代に促されて席に着くと、すでに着席していた面々から早速悪意ある視線が飛んでくる。

──樹がいるんだ、この程度でビビってられっか!

ひしひしと感じる冷たい敵意に一瞬俯きかけた音緒は隣にある温もりを思い出して、いつもの勝ち気な猫目でしっかりと前を向いた。

「樹さん、ひとまずご紹介を」

全員が揃ったところで、樹の正面に座った華代が開始の合図のようにパンと軽く手を叩いた。

樹は音緒を婚約者として紹介したあと、席順に家族を紹介してくれる。

「左から順に母の華代、兄の幹彦《みきひこ》、義姉の葉子《ようこ》、従兄の楓《かえで》──」

父親は海外出張中で欠席ということだが、そもそも仕事人間で家族行事には興味がないようだ。家庭を顧みない夫の存在も、華代が息子たちに執着する一因になっているのかもしれない。

高城総合病院の次期院長だという兄の幹彦は一見してアルファと分かる見た目の知的な美形だ。顔立ちは樹に似ているが、冷たげであまり表情がない。

兄嫁の葉子はアルファの女性らしく長身の美人だが、音緒を見る瞳には嘲笑《ちょうしょう》の色が浮かんでいる。彼女は現役の弁護士としてバリバリ働いているらしい。

従兄の楓は樹や幹彦にはあまり似ていない。髪も少し長めの掻き上げスタイルでおしゃれな雰囲気のアルファだ。自信家っぽい派手な顔立ちをしている。

「おい樹、なんで従兄の俺までいるんだって顔してるな。華代叔母さんに呼ばれたから渋々来ただけだ」

不機嫌そうに樹に向けて言い放った楓は、腕を組んでふんぞり返った。仲良くしてくれる気は一切ないらしい。

「初めまして」も「よろしく」も交わさないうちに、葉子が鼻を鳴らした。

「樹さんが番となるオメガを連れて来るというからどんな人かと思ったら……お世辞にも綺麗とは言えないわね。気が強くてしぶとそうで嫌な目……オメガの美点である繊細さの欠片もないじゃない。育ちって顔に出るのね」

こちらをじろじろと観察した葉子は期待外れだとばかりにわざとらしく肩を竦めた。

きっとこれからあからさまな批判がたくさん飛んでくる。だけど樹が隣にいてくれる限り何を言われても傷つかないぞ、と気合を入れた瞬間、樹に肩をそっと抱き寄せられた。

「すみません。俺は人を見た目で評価する習慣がないので、義姉さんの言っていることはよく分かりません。ただ、たしかに音緒は他のオメガとは異なる魅力を持っています。美しく気高く、そして何より可愛い。そう、その愛らしさたるや――」

葉子は顔を引きつらせていたが、音緒もあやうく咳き込みそうになった。何を言っているんだ。しかし誰にもツッコミを入れさせる間を与えずに、樹はいつものくそ真面目な顔と口調で音緒の好きなところについて語り続けている。

先日樹は「俺にとって音緒がどれほど大切な存在か、それだけはちゃんと伝えたい」と言っていた。そして有言実行の彼はまさに今、葉子の言葉に対して怒ったり席を蹴ったりすることなく、かといって音緒を傷つけさせてたまるかという勢いで喋《しゃべ》り続け、ひたすらに音緒への愛を理解してもらおうと努力している。

なんだかちょっとずれている気もするし、かなり恥ずかしくもあるけれど、不器用な樹が音緒への愛だけを武器に苦手とする家族に挑む姿には真摯さを感じてしまった。遠い目をして樹の背後の壁を見つめている葉子には申し訳ないけれど。

「……見た目は好みの問題もあるにしてもだな、育ってきた環境があまりに違うと価値観なども異なるだろう。結婚相手としていい関係が築けるとは思えん」

ごほん、と咳払いをして樹にストップをかけたのは幹彦だ。葉子をフォローするように言葉を足し、厳しい表情で樹を見据えている。

「兄さんの言う通り、たしかに経験や価値観の違いに驚かされることはたくさんあります。彼が生きてきた環境は非常に厳しく、俺はとんだ世間知らずだったと実際に何度も思い知らされています」

これには樹も神妙な面持ちで頷いたが、ふっと息を吐き、自信に満ちた顔で幹彦に向き直る。

「だからこそ互いを一つ理解するたびに、とびきりの幸福を感じることができます。例えば先日スーパーの特売で、狙っていた商品を俺が初めてコンプリートしてきたときなんて音緒が――」

音緒を不安にさせないための配慮なのか、樹は身体を抱き寄せて密着したまま惜しみなく愛を語ってくれている。おかげで一切つらい気持ちにはならずに済んでいるが、照れくささの方が先に限界点を突破してしまい、音緒は思わず赤くなった顔で樹の袖を引いた。

「も、もう、樹、いいから……！」

くいくいと袖を引っ張ってやったら樹はようやく話を切り、今度は音緒を安心させる優しい声で「どうした？」とこちらを見つめてきた。その眼差しがあまりに甘いものだから、音緒は顔を覆いたくなった。

「ちょっと皆もう黙ろうぜ……ディナーが食えなくなる」

うんざりした様子の楓は、こめかみを押さえながら樹を軽く睨みつける。

「大体、高城総合病院を辞めてオメガの研究センターなんてところに転職した時点で樹は変わり者なんだよ。野良猫みたいな被験者のオメガと付き合ってるのもどうかしてると思うが」

楓曰く、樹の医者としての腕は長男の幹彦以上のものだったらしい。病院の経営権は長男に渡ってしまうとしても、研究センターに勤めるよりは病院に残る方がよほど旨味があっただろうと言いたいようだ。

心底理解できないといった口調はおそらく彼の本心だ。地位や名誉に重きを置き、自分の有能さを誇示したがる、傲慢《ごうまん》なアルファの典型的な価値観だと音緒は思った。

運命の番を亡くした樹が色々悩み考えて選んだ道なんだから、それをとやかく言う権利は誰にもないのに――とムッとした音緒を横目に、気を取り直した華代も便乗してくる。

「楓さんもそう思うわよね？ よりによってお金に困って被験者になったような、どこの馬の骨とも知れないオメガを……被験者のオメガなんて実験用のマウスみたいなものでしょ。ネズミと付き合うようなものよ」

額に青筋を浮かべた樹が立ち上がるのと同時に、音緒もバンッとテーブルを叩いて立ち上がった。全員がぎょっとして軽く身体を引く中、華代に摑みかからんばかりの形相《ぎょうそう》をしていた樹も驚いてこちらを見た。

「俺のことが気に入らなくて、俺を悪く言うのは構わねぇよ。けどな、樹が副作用に苦しむオメガを救うために頑張ってる仕事や、それに協力してくれる他のオメガを侮辱すんじゃねえ！ 俺は難しいことは分からないけど、樹が寝る間も惜しんで研究してるのは知ってるし、そんな樹を愛してるし誇りに思ってる。だからあんたたちも、樹が何を大事にしているか、どういう気持ちで仕事に従事しているか、ちゃんと考えてから喋ってくれ」

華代に啖呵《たんか》を切って、音緒は肩で息をする。ついカチンときて言い返してしまったが、この空気の中での発言は予想以上に精神的に消耗するものだと実感した。口の中は嫌な感じに乾き、握った拳は小さく震えている。

それでも視線は下げまいと懸命に顔を上げていると、樹に勢いよく腕を引かれて抱き竦められた。

「音緒……俺も音緒の、そうやって俺のために怒ってくれるところが、俺の心を守ろうとしてくれるところが、愛おしくてたまらない。音緒が支えて愛してくれるから、俺は前を向いて頑張れるんだ」

耳元で惜しみない愛を囁かれて、掻き抱くように腕の力を強められる。胸に顔を押し付けられ、樹の匂いが肺を満たす。樹のスーツの襟には、音緒が贈ったアメシストが優しく光っている。

――なんかすげぇ安心する……。

彼の広い背中に手を回して抱き返し、その温もりを享受すると、身体の強張りがじわじわと解けていくのを感じる。自覚している以上に、自分は緊張していたらしい。

そこでふと、樹が心配になった。彼は研究に関しては優れた頭脳を持っているが、決して人とのコミュニケーションが得意な方ではない。今も音緒が直接傷つけられないようにかなり気にしてくれて、率先して矢面《やおもて》に立ってくれている。この場には緩衝材になる人もいないので、気を抜くこともできない。

樹は大丈夫だろうか。疲れていないだろうか。

もぞもぞと顔を上げて樹の表情を盗み見ようとしたら、ぱちっと視線が合った。音緒の瞳に不安が滲んでいたのか、労《いたわ》るように頭を撫でられる。

——仮にも樹の誕生会なのに、気を張りっぱなしにさせちまってるよなぁ。

なんだか申し訳なくなってしまって、音緒は樹の心が少しでも安らぐように、ぴったりとくっついたまま一緒に着席した。

「今のは俺、悪くないよな？　華代叔母さんだよな……？」

楓の呟きは気まずい静寂に飲み込まれ、部屋には華代の深い溜息が響いた。


ややげんなりした様子の華代が使用人に料理を持ってこさせようというタイミングで、廊下が何やら騒がしくなった。ほどなくしてダイニングの扉が開き、満面の笑みの久利が使用人に追いかけられながら部屋に入ってきた。

「久利さん!?」

びっくりして腰を浮かせた音緒の隣で、樹も目を瞠《みは》っている。

「あ、皆さんどうも、僕はオメガ研究センターで新薬の研究をしている久利清威《きよたけ》と言います。三十四歳独身、趣味はドライブ！　ちなみに研究室長です」

相変わらずチャラい自己紹介をかました久利は、怪訝《けげん》な顔をする一同に構うことなく上着を使用人に預け、飄々とテーブルに向かって歩いてくる。

「ちょうど都合がついたもので、音緒くんの家族枠で来ちゃいました」

ちょっと詰めてね、と勝手に椅子を持ってきて音緒の隣に座ろうとした久利に、ようやく混乱から抜け出した華代が咎《とが》めるような声を出す。

「ちょっと貴方、一体なんなの？　家族枠ですって……？　その子に家族はいないはず――」

「一体なんなのって、たった今自己紹介したじゃないですか。というか、まさかとは思いますけど音緒くんに家族がいないの前提で『ご家族もどうぞ』なんて言ったんですか？」

人好きのする久利の垂れ目が一瞬鋭く細められ、華代はひゅっと息を呑《の》んだ。

「僕のことは音緒くんの兄のようなものだと思ってください。あ、僕の参加を渋ってるのって、もしかして一人増えると食材が足りなくなるからですか？　しみったれた量しか作ってないんだったら、コンビニで何か買ってきますよ。奢《おご》って差し上げます」

「……ご心配なく。どうぞおかけになってください」

金持ちのプライドに容赦なく切り込んでいく久利に、華代は頬をぴくぴくさせて着席を勧めた。

「久利さん、どうしてここに」

「室長、家族枠で来るって本気だったんですか」

満足そうに腰掛けた久利に、音緒と樹は身体を寄せて小声で尋ねる。

「僕の可愛い弟分と優秀な右腕のことが心配でね。今日の打ち合わせが早めに終わったから来ちゃった。いっちゃんの実家の住所は前に聞いたから知ってたし」

交際を始める前も今も変わらず自分たちのことを気にかけてくれる久利に、樹と二人でジーンと感動してしまった。

「いっちゃんが空回ってないか心配だったんだけど……必要なかったかな。いっちゃん、頑張ったんだね」

樹の惚気《のろけ》で劣勢気味の家族を横目で見て、久利は嬉しそうに腕を伸ばして樹の肩を叩いた。樹は「音緒への愛を武器にしろという室長のアドバイスのおかげです」と言いつつ、ほっとした顔をしている。

実際、異分子である久利が入ってきたことで、音緒への敵意でまとまっていた高城家の意識が分散している気がする。この男はどういう人間なのか、未知の相手を探ろうとする方向に場の空気が変わっていく。

テーブルに全員分の食器が並び、ディナーが開始された。飲み物は車で来たメンバーに配慮してか、希望者以外はノンアルコールだ。最初は前菜で、樹と何度か行ったレストランで出てくるようなしゃれたマリネがサーブされる。最低限のテーブルマナーだけは教わっておいてよかった。

続いて魚料理やパスタが出てきたところで、久利を品定めするようにじろじろと見ていた楓が口を開いた。

「オメガ研究センターって、あんたみたいなベータでも室長になれるんだな。やっぱりオメガ医療なんて社会的影響も小さいニッチな分野だから簡単に昇進できるのか？」

嫌味ではなくシンプルに疑問だという顔で言う楓に、久利は怖いくらいにっこりと笑顔を作った。

「世間では高い地位についているベータはそれなりにいるんですけど、ご存知ないんですか？

まさか社会に出たことがないんですか？　おいしく齧《かじ》れる脛《すね》をお持ちなんでしょうか」

久利が愛想よく放ったカウンターに、音緒はぽかんと口を開けた。向かいの席では楓が彫りの深い顔を真っ赤にして怒っている。

「誰が脛齧りだ！　俺は国内最大手の医療機器メーカー、高城メディックの現社長だ！　親父から引き継いだ会社ではあるが、ここ数年の驚異の売上げ伸び率は俺の実力だ」

「あぁ、あの高城メディックの……それはびっくりしました」

目を丸くした久利にフンと鼻を鳴らした楓だが、「医療業界にいるとは思えない発言だったので」と付け足されて再び鬼の形相になる。

それにしても、楓の顔はめちゃくちゃ怖いのに、楓自体をあまり恐ろしく感じない状況に音緒は首を捻る。彼がムキになればなるほど、なぜか久利が主導権を握っているように見えるのだ。

「……なぁ樹、久利さんってこんな感じだったっけ」

にこやかな笑みを浮かべながら楓を手の平で転がしかねない久利の雰囲気に戦慄した音緒が思わず耳打ちすると、樹は苦笑を浮かべて小声で答えてくれる。

「室長は基本チャラいし懐《ふところ》に入れた相手には優しいが、敵と見なした相手には好戦的なんだ。あと、おちょくり甲斐《がい》のある相手を見つけると嬉々《きき》として煽りに行く習性がある。ああ見えて意外と強《したた》かだし食えない人だ」

そうだったのか、と感心して久利の横顔を眺める。

思い返せば彼は初めて出会ったときも、臨床試験の被験者確保のために神経質なはずの樹を丸

め込んで初対面の音緒と同居させてしまったし、樹も軽薄な発言の多い久利に対して顔を顰める
ことはあっても逆らうところは見たことがない。音緒にとっては陽気で優しい兄貴分という印象
が強いけれど、実は相当頭の切れるやり手なのだろう。
好戦的なのも事実のようで、年末以降元気がないように見えることのあった久利が、楓を煽る
ときは妙に生き生きしている。
久利さんを敵に回してはいけない、と音緒はひそかに心に刻んだ。
「逆に楓兄さんは、幼い頃から利益追求のための経営学を叩き込まれたから経営の手腕だけはあ
るんだが——見ての通り煽り耐性がゼロなんだ。すぐに小学生みたいにムキになる」
樹と同様に見合いの話もたびたび出るらしいが、ただでさえ俺さまな性格な上に、恋愛スキル
も小学生男子並みのため天邪鬼《あまのじゃく》なことばかり言ってしまい、三十六歳になった今も独身だという。
そんな話をしている間にも久利は挑戦的な微笑を浮かべて、楓はカッカと頭から煙を上げて、
言い合いを続けている。
「オメガ医療は発展途上な分野ではあるので、比較的若い研究者が地位を築けるというのはある
かもしれません。ですが社会的影響が小さいというのはとんだ勘違いですね」
「あぁ？　オメガの人口比率は全体の一割以下で、医療措置を必要としているのはその中のさら
に一割程度だろ。で、そういうオメガのための治療はすでに専門病院で行われている。患者数か
ら考えたら、むしろ供給が飽和しているくらいだ。そこにわざわざ新規参入するのはビジネスと
して悪手だな」

とんとんとテーブルを指で叩きながら説明した楓に、久利は持っていたフォークを置いてハハッとわざとらしく笑った。

「いやぁ、面白いご冗談ですね。貴方が供給が飽和していると思っている現在のオメガ治療は高額で、受けることができるのはごく少数の富裕層のみです。僕は金儲けには興味がないけど、一般化にこそビジネスチャンスもあるんじゃないでしょうか」

「母数の少ない分野で一般向けの安価な治療や薬をちまちま増やしても話にならん」

「オメガ医療は患者の人口が少ない分、その業界内で一度認知されたら相当なネームバリューになります。その信頼性こそ最大のコマーシャルになるのでは？」

楓がぐっと詰まったのを見て、久利はさらに言い募る。

「今のオメガ医療には選択肢が少なすぎる。既存の抑制剤だって完璧ではなく、人によってひどい副作用が出たりする。僕は薬の合う合わないは事前に判断できるようにする必要があると思うし、治療法だって患者の数だけあるべきだと考えています」

「そんなの、理想論だろ」

なんとか言い返す楓の声に、先程までの力はない。

「その理想を現実にするために、僕たちの研究センターはあります」

「そこまで言うなら、どんなご立派な研究をしてるのか教えてもらおうか」

最後の抵抗とばかりに楓が口にした言葉に、久利は待ってましたという表情でにんまりと笑った。

「それならぜひ、研究センターにいらしてください。僕の研究室でさっきの面白いご冗談を披露してみてはいかがです？」

おまけでひと煽りされた楓は「あぁ!? だったら行ってやるよ！」と吠え、喧嘩腰のままスマホを取り出して久利と連絡先を交換している。国内最大手の医療機器メーカーの経営者——しかもオメガ医療に非協力的だったはずの男とのアポを何食わぬ顔で取った久利を、樹は尊敬の眼差しで見つめていた。

一方、音緒はオメガ医療論争の最中、ひっそりと食事を楽しんでいた。久利の登場で樹と音緒から視線が逸《そ》れたため、思ったより味わうことができた。金も手間もかけた料理はやはりおいしい。

——この洋風の角煮みたいなやつ、すごい柔らかい……。材料もいいんだろうけど、それだけじゃないよな。どうやって作ってるんだろ。

そんな暢気《のんき》なことを考えている場合ではないのは分かっているが、本当に完璧な味なのだ。この感動を樹にも伝えたくて顔を上げたら、華代と目が合ってしまった。

「あら、どうしたのかしら。今、樹さんに何か吹き込もうとしたわね」

料理がおいしいと言おうとしただけだなんて知られたら馬鹿にされるのは明白だが、無駄に疑われるのも癪《しゃく》なので、音緒は渋々目の前の皿を指差す。

「いや……この料理すごいなって言おうとしただけ、です。自分で煮込んでもここまでホロホロな食感にならないから」

正直に伝えたら案の定失笑された。やはり料理は使用人がやるものとしている彼らの前で料理の感想を述べるなら、いつも行く三ツ星レストランと比べて――とか言うべきなのだろう。

口を噤んだ音緒の隣で、樹がおもむろに料理に手を付けてじっくりと咀嚼《そしゃく》をし始め、やがて感心した顔で音緒の方を向いた。

「味付けは音緒の作ったものの方が好きだが、たしかにこっちの方が肉が柔らかい」

樹はもう一度料理を口に運び、口の奥の方でもぐもぐしている。これは気に入ったときの動作だ。

「……思えば、この家の料理を味わって食べたのは幼少期以来のような気がする。そうか、使用人の人たちも色んな料理をたくさん工夫して作ってくれていたんだな」

学生時代はこの豪華なテーブルを家族で囲むことも少なからずあったが、いつもどこかピリピリした空気の中で機械的に咀嚼を繰り返すだけだったらしい。作り手に対して申し訳ないことをしていた、と樹は呟いた。

「音緒と一緒にスーパーに行って材料を選んだり、キッチンに立つ音緒の背中を眺めたり、音緒が作ってくれたものを大切に食べるようになって、誰かが作ってくれる料理の温かさに気付けたのかもしれないな。この料理もきっと手間をかけて作られているんだろう。うん、おいしい」

樹が優しく顔を綻ばせると、キッチンの奥から一瞬啜《すす》り泣くような声が聞こえた。近くに控えていた田中も能面のような顔のまま、目元にだけじわじわと嬉しそうな色を浮かべている。

「……お口に合ったようで何よりだわ。それよりそろそろデザートと食後のお茶の準備をしておいてちょうだい」

音緒のおかげで樹が変わったことも、その変化を使用人が喜ばしく思っていることも、華代は気に食わなかったのだろう。彼女は強制的に話を切り上げて、田中にきつい口調で指示を飛ばした。


食後のデザートセットは今いるダイニングではなく、なぜかリビングに運ばれるらしい。音緒たちもメインの食事を終えるとそちらの部屋に移動することとなった。

今度はどんな魂胆《こんたん》なのかと身構える樹と音緒だったが、久利が「いっちゃん、リビングってどんな感じ？　セレブの家でよく見る壁一面のホームシアターある？」と軽口を叩いてくれたおかげで適度に肩の力が抜けた。ちなみにホームシアターどころかグランドピアノもあるし、頼めばミラーボールも出てくるらしい。もちろん部屋は防音。コンサートホールかよ。

大人数でのホームパーティーにも対応できそうな広いリビングに案内された一行が大きなソファにそれぞれ着席したところで、男性一人と女性二人がしずしずと入ってきた。三人とも華奢で繊細な美しさが映《は》えている。どう見てもオメガだ。ゆったりと上品にお辞儀をする彼らは、箸より重いものを持ったことがなさそうな顔をしている。

「……この方たちはどなたですか」

樹が不快感を押し殺した口調で華代に尋ねると、彼女は順番に三人の名前と家柄を紹介した。

「そんな顔をしないでちょうだい、樹さん。別にここでお見合いをさせようというわけじゃないの。ただ貴方たち、まだ籍を入れていないようだから、比較検討してもいいんじゃないかと思って来てもらったのよ」

しれっと言う華代に、樹は呆れたように溜息を吐いた。裏があることは予想していたので、音緒も特段驚きはしなかった。さすがにもう樹が他の人に靡《なび》くとは思えないし、勝手にやってくれという心境である。

「あの人っていつもこんな感じなの？」

久利に小声で問われ、音緒は肩を竦めた。久利は若干引き気味だったが、音緒があまり気にしていないのを悟ると安心したように笑った。

「せっかくだから食後の余興なんてどうかしら」

あまりダメージを受けていない樹と音緒につまらなそうに鼻を鳴らした華代だったが、追撃だとばかりに口を開いた。彼女の台詞が合図だったのか、比較検討候補のオメガ三人と葉子がすっと立ち上がった。皆それぞれ楽器ケースのようなものを持っている。

颯爽とグランドピアノの前に歩いていったのは葉子で、静かに椅子に腰掛けると鍵盤に指を滑らせ、華やかな旋律を奏で始めた。

演奏が終わると流れを引き継ぐように、オメガの男女が得意な楽器を一人ずつ披露していく。順番にバイオリン、チェロ、フルート。クラシック音楽に馴染《なじ》みがないので曲名も何も知らないけれど、技術的に上級者だということだけは分かる。

「葉子さんのショパン、とても素敵でしたわ！」

「あなたが演奏したシューマンも悪くなかったわ」

「お二人ともロマン派がお好きなんですね。僕はバロック音楽が好きで――」

「それでバッハを演奏されたのね。あの曲はお義母さまもお気に入りよ。そうそう、あなたのカルメン即興曲も素晴らしかったわ」

盛り上がる四人を、音緒はぽかんとした顔で見つめた。話している内容がまるで分からない。こっそり樹に尋ねると、演奏した楽曲やクラシック音楽の時代ごとのジャンルについて話していると教えてくれた。音楽の才能はないという樹だが、教養としての知識は持っているのだ。

「高城家に嫁ぐ人というのは、幼い頃からこの程度の英才教育を受けていて当然なのよ。別に音楽に限らず、絵画や乗馬、バレエなどでもいいし、勉学に秀でているならそれもよくってよ。それで、そちらの方はどういった教養をお持ちで何がお得意なのかしら？　音楽なら私、リストのマゼッパが聴きたい気分だわ」

華代の言葉に周りがくすくす笑うが、「そんな難曲、可哀想ですわ」という声を聞くまで音緒は何がおかしいのかすら理解できない状況だ。

――そんな高尚な趣味は持ってないし、そもそも習い事なんて人生で一度もしたことねぇよ。俺に披露できるのなんて、悪質アルファの撃退武勇伝くらいだっつーの。

内心でそう叫んだものの、ここで出方を間違えたら樹に迷惑がかかると思い口を噤む。視界の端で久利が言葉を発しようとしたが、樹に何か言われた瞬間小さく目を見開いた。音緒がどういうことだと訝しげな視線を送ると、久利はなぜか樹に向かってウインクをして親指を立てた。

「すみません、車に忘れ物をしたので取りに行ってきます」

華代たちの顔に「逃げるのか」という表情が浮かんだが、樹が自分や久利を置いて逃げるわけがない。きっと策があるのだろう。

「いっちゃん、いってらっしゃい。さて、彼はすぐ戻ってくるだろうし、僕たちはもう一杯お茶をいただこうかな」

華代が口を開きかけたのを察して、久利が牽制《けんせい》してくれた。彼が音緒と一緒に平然と残ることで、音緒が置いていかれたわけでも樹が逃げたわけでもないと示している。

「――いっちゃん、アコギ取りに行ってるだけだから安心して」

小声で耳打ちする久利に、音緒はなるほどと納得すると同時に頭を悩ませた。ギターの腕はそこそこ自信があるけれど、先程彼らが披露したクラシック音楽とはベクトルがだいぶ違う。この面子《メンツ》に受け入れられるかどうかは微妙なところだ。「庶民の趣味ね」と一蹴されそうな気もする。

――でも樹が俺の腕を信じてギター取ってきてくれるんだから頑張らねぇと。

萎縮しそうな自分に気合を入れ直している間に、樹がギターケースを抱えて戻ってきた。

「へ？　なんで二本？」

なぜか二人分のギターケースを持った樹は、ソファに座る音緒の隣に腰掛けてギターを二本とも取り出した。樹に渡されるままギターを構えてみたものの、なぜ樹も演奏しようとしているのか分からない。演奏するのは音緒ではないのだろうか。

「音緒、まずは俺に任せておけ」

音緒を安心させるように頼もしく頷いた樹は、ペーン、と初っ端《しょぱな》から絶望的な音色を響かせ、高城家一同の顔を引きつらせた。

「……大丈夫だ。ちょっとまだ運指《うんし》がうまくいかないだけで、ちゃんと覚えている。音楽の神様には見放されているが、記憶力はいいんだ」

そう言いながら、樹は何度か同じフレーズをストロークした。拙《つたな》すぎる動きに、華代でさえハラハラした顔で見守る中、三回目のリピートで音緒はようやくそれが今日の昼間に教えた「繰り返すだけでなんとなくいい感じの演奏になる四つのコード」だと気付く。

——ある意味忘れられない初セッションだな。

樹の伴奏が安定したタイミングで、音緒は軽快に指を動かしてメロディを乗せた。たまに飛び出す不協和音も、樹がどこで失敗するか分かってきたので、逆に音緒のメロディを合わせることでスパイスに変えていく。

足でリズムを取り、視線を合わせて笑い合って、肩をぶつけながら奏でる音は今までで一番弾んでいた。

「……楽しそう……」

華代は自身の唇から零《こぼ》れ落ちた言葉に驚いて口元を押さえた。しかしその声はちゃんと樹に届いていたようだ。演奏を終えた樹はギターを置いて立ち上がり、音緒を伴って彼女に向き合った。

「はい、楽しいです。下手くそでも、うまくできなくても、音緒がいればなんだって楽しいし一生懸命になれます。それだけではありません。彼が——小さな身体で俺を守ろうとしてくれる彼がいるから、俺はそんな彼を守るために強くなれる。彼は俺の原動力であり、幸せそのものなんです」

音緒の手をぎゅっと握った樹は、深々と頭を下げた。樹の偽《いつわ》りのない真っすぐな言葉に、華代は目を瞠って固まっている。

「母さん、俺はこの家が嫌いではありません。不自由ない暮らしをさせてくれた父さんにも、十分な教育を受けさせてくれた母さんにも、長男として俺を医学の道に先導しようとしてくれた兄さんにも、身の回りの世話をしてくれた使用人たちにも、感謝してます。気が詰まる思いをしたこともありましたが、全部が全部嫌な思い出ではないんです。だから音緒とのことを認めてくれとは言いませんが、この家を、家族を、嫌いにさせないでほしい」

お願いします、とさらに深く礼をする樹に合わせて音緒も頭を下げる。下を向いた瞬間、涙が落ちそうになって慌てて瞼に力を入れた。

——樹が、俺のために本気で家族と向き合ってくれてる。本気で俺と幸せになろうとしてくれてる。

諦めたり突っぱねたりするのは簡単だが、それは代わりに何かを失うことになる。樹に家族を捨てさせたくなかった音緒の気持ちや、本当は決してどうでもいい存在ではないであろう樹自身の家族のために、樹は自分の本心をさらけ出して、頭を下げて請うている。

目に見える強い態度だけではない、本当の強さを示してくれた恋人に愛しさが募る。

「……もういいわ。樹さんなんて知りません。勝手に結婚でもなんでもなさい」

ふん、と顔を逸らした華代の目は少し赤い。

「すみません。ありがとうございます」

和解には至らなかったが、もう音緒との結婚を妨害する気はないということは伝わってきた。

華代に一礼した樹が荷物を回収し、久利にも視線で合図して三人で玄関を出る。

「白崎《しらさき》さま」

呼び止められて振り返った先には、使用人の田中が姿勢を正して立っていた。彼は一瞬躊躇《ためら》ってから、音緒に向かって真っすぐ歩いてくる。

「以前の樹さまは、幹彦さまのように冷静沈着で感情を表に出すことも少なく、無駄なことはなさらない大変合理的な方でした。それが今では人前で堂々と愛を語り、我々の出す食事一つに感謝の念を滲ませ、得意とは言えないギターを楽しそうに演奏なさる。正直、同一人物とは思えないほど変わられました。奥さまたちがすぐに受け入れられないのも致し方ないことかと存じます」

能面のような表情で口を動かしていた田中は、少しの沈黙のあと、口元をわずかに綻ばせた。

「しかし私個人の感想としましては、いい方向に変化されたように思えました。今日、なんだか少し賑《にぎ》やかになられた樹さまにお会いできて嬉しかったです。使用人の私どもから申し上げるのは僭越《せんえつ》ではございますが、これからも樹さまのことをよろしくお願いします」

礼儀正しく最敬礼の姿勢をとった田中に、数秒きょとんとした音緒は力いっぱい「任せてください、幸せにします！」と宣誓した。おかしそうに口角を上げた田中は、樹の方を一瞥してから玄関の奥へと消えていった。

「とりあえず一段落、かな。久利さん、今日は来てくれてありがとな」

「室長が来てくれて心強かったです」

自分たち以外誰も味方のいない空間に来てくれた久利の存在は、実際かなり心強かった。ガレージまでの道のりを歩きながら樹と二人で礼を言うと、久利は歯を見せて笑った。

「いやぁ、二人のことが心配で来たはずだったけど思わぬ収穫もあったし、僕の方こそありがとうだよ」

国内最大手の医療機器メーカーの経営者の連絡先が入ったスマホをほくほく顔で翳《かざ》す久利を見て、偶然とはいえ久利の仕事の役に少しでも立てたなら嬉しいな、と音緒は思った。


マンションに帰宅してすぐ、二人は玄関に荷物を置くなり抱き合った。

イブの日に樹に連れ戻されたときも、ここで抱きしめられてキスをしたことを思い出す。あのときはもうこの家に自分の居場所がなくなるんだと思っていたし、ベッドで告白されるまでは樹の気持ちも分からなかった。

でも今は、ただただ目の前の男が、音緒を愛し守ってくれる不器用な堅物が、愛おしくてたまらない。

「音緒、俺はちゃんと音緒を守れたか？　不安な思いを、悲しい思いをさせなかったか？」

音緒の肩口に顔を埋めたまま問いかけてくる樹が可愛くて、思わず犬を褒めるみたいにわしゃわしゃと撫でてしまった。嬉しいのかそのまま頭をぐりぐりしてくるので首元がくすぐったい。

「ふふ、うん。緊張したけど、樹が傍にいてくれたから何も怖くなかったし、悲しくなることもなかった。強がりじゃなくて、本当に」

ありがとう、と心の底から言ったら、顔を上げた樹が返事をするみたいにキスをくれた。

「……俺のためにめちゃくちゃ頑張ってくれたんだよな。惚気で相手の気力を削いだのはちょっとびっくりしたけど」

「仕方ないだろう。俺は室長みたいに弁が立たないから、あの人たちを言い負かすことなんてできない。俺は研究以外は、音緒を愛することしかできないんだ」

大真面目に言う樹に、音緒は表情を緩めた。胸の奥がほわほわする。幸せが身体中から滲み出るのが分かる。

「家族に対して諦めずに本気で向き合う強さを見せてくれてありがとう。俺も樹がいればなんだって楽しいし、どんな困難も乗り越えられると思う。樹と二人なら、この先もずっと幸せだって思えた」

真っすぐに樹を見つめた音緒は、ポケットのキーケースから鍵を一本取り出して、樹の手を取ってそれを握らせた。

「だから、このチョーカーの鍵を貰ってほしい。俺と番に——むぅっ」

言い終える前に、言葉は樹の唇に食べられた。歯列をなぞり舌を吸われて、腰が砕けそうになったところでようやく解放される。片手で力の抜けた音緒の身体を支える樹は、少し拗ねたような顔をしていた。

「俺が格好つけるところも残しておいてくれないと困る」

今日はすでに十分かっこいいところを見せてくれたではないかと思ったが、樹の真剣な顔を見て胸がどきっとした。

「音緒、一生幸せにするから、今からこの鍵を使わせてほしい。そして俺の番になってほしい」

「……っ」

力強く返事をしようとしたが、胸が詰まって声が出なかった。こくこくと必死に頷きながら、走馬灯のように脳裏に浮かんだのは、輝かしいとは言えない自分の半生だった。

幼い頃はネグレクトの家庭で育ち、誕生日も季節のイベントも音緒の家には存在しなかった。中学卒業後すぐに天涯孤独となり、毎日くたくたになるまで働く中で、いつか魂の番と出会って幸せになるんだというわずかな希望も擦り切れていった。

そしてオメガであるがゆえに面倒事に巻き込まれ、勤務先を解雇された最悪の日に、出会ったのだ。この男に。

差し掛けてくれた傘も、雨の雫を見つめる愁《うれ》いを帯びた瞳も、忘れることはない。自分は彼の運命の相手ではないと知った夜のことも、恋の終わりを悟って自らこのマンションを去った日のことも、昨日のことのように思い出せる。

生まれてから今までについた心の傷は数えきれないけれど、もう痛むことはないだろう。樹がいるから。

――幸せだ。これから、きっと、ずっと。

手に入れた幸せの木漏れ日が、孤独だった鈍色の過去を温かく照らしていく。俯いてしまいそうな自分を叱咤して前を向いて生きてきたつらい日々も、今に繋がっているのだ。痛みも不安も臆病さも、何一つ無駄ではなかった。ちゃんと報われて、ありふれた幸せの下で七色に輝いている。

「樹、愛してる、一生」

生涯の伴侶に飛びついた音緒は、ベッドに運ばれて背後から抱きしめられた。ゆっくりと服を脱がされ、最後にカチッとチョーカーの鍵が外れる音がする。露《あらわ》になった項に柔らかなものが繰り返し触れる。ちゅ、ちゅ、と樹が何度もキスを贈っているのだ。

「くすぐってぇよ」

「この項にずっと触れたかったんだ。堪能させてくれ」

しまいにはフンフンと匂いまで嗅ぎ始めた樹の脚をぺしんと叩いたら、仕返しとばかりに胸の突起をつままれた。そのまま首筋からへその下まで長い指でなぞられ、じれったい快楽に尾《び》てい骨のあたりがびりびり痺れる。

樹から発散されるフェロモンの匂いも今日は一段と強い。大好きな匂いにすっかりあてられて、触れられてもいない音緒の性器は大量の先走りですでにシーツを汚している。

「樹……っ」

項を解放したと思ったら今度は背中に舌を這わせるばかりで、いつまで経っても肝心なところには触れてくれない。思わず振り返って批難の眼差しを向けたら、相好《そうごう》を崩した樹に顎の下をちょこちょと撫でられた。

「なんだよ、もうっ」

もどかしさのあまり身体の向きを変えて、樹の腿に乗り上げて押し倒そうと試みたものの、体格差のせいでまるで敵《かな》わず前からすぽっと抱き竦められてしまった。音緒の首筋に顔を埋めた樹の身体が密着し、互いの隆起したものが擦れる。それだけの刺激であやうく達してしまいそうで、音緒は息を詰めた。

「……っ」

「すごいな、部屋中が甘い匂いで頭がくらくらしそうだ」

そう言われて、自分も相当なフェロモンを出しているのだと気付く。首筋を執拗に吸ってくる樹の背に手を回したら、自分と同じくらいしっとりと汗ばんでいた。相手のフェロモンにやられていたのはお互いさまだったらしい。

「なぁ、樹……俺、もう……っ」

抱きしめたまま項を撫でたり胸元を舐めたりするばかりで決定的な刺激を与えてくれない樹に焦れて、音緒ははしたないと思いつつ樹の性器に自分のものを擦りつける。くちゅくちゅという淫らな水音が部屋に響き、後孔からも愛液がじわりと滲み出してくる。

「は、あぁっ……っ」

もっと、と蕩けきった顔で樹を見つめれば、獰猛《どうもう》な瞳と目が合う。

「今、項を噛んだら殺してしまいそうなくらい興奮しているんだ。だから、なんとか優しく抱こうとしていたんだが――」

眉間に皺を寄せる樹の顔には、暴力的なまでに激しい欲望に耐えようという葛藤が見られた。音緒は膝立ちになって樹と視線の高さを合わせ、ふっと目を細める。

「構わないぜ、めちゃくちゃにされたって。幸せだからな」

樹は、音緒の弱いところも強がりなところも全部受け止めてくれた。だから自分も樹のすべてを受け止めたい。そんな気持ちを込めて樹の唇に噛みつく。樹は一瞬目を見開いた後、目元を綻ばせて音緒の口づけに応えた。

互いの唾液が混じり合ったものが、顎をとろりと伝って落ちていく。不意に片手でぐっと腰を掴まれ、もう片方の手で双丘を撫でられる。やがて樹の長い指が、ぐっしょりと濡れた蕾《つぼみ》へと侵入してきた。日頃樹に愛《め》でられ慣れている秘所はいとも簡単に指を飲み込み、もっともっとと奥へと招く。

「あっ、あ、んっ」

中でばらばらと指を動かされれば、そこは歓喜するように樹の指を食いしめた。樹に跨《また》がっている音緒の膝が快楽でがくがくと震える。舌を甘噛みされたのと同時に指が奥の敏感な場所を引っ掻き、音緒はぶるっと身震いして呆気なく精を放った。

「音緒」

達した余韻でぼうっとしている音緒を仰向けに寝かせた樹は、ひくつく蕾に自身の先端を擦りつけ、ゆっくりと隘路《あいろ》を割り進んできた。太い槍で貫かれるような圧迫感なのに、どこか安心感があるのは不思議だ。

すべて収まった頃、上下する薄い胸に舌を這わされた。達したばかりの身体はどこもかしこも敏感になっていて、少しの刺激でも過剰に反応してしまう。

「やっ、あんま舐めんなって」

「……嫌か？」

「嫌じゃないけど、またすぐいっちゃいそうだから……」

自分ばっかりというのは面白くない、と口を尖らせたら、中の樹のものが一層大きくなった。

これ以上大きくされたら困ると腰を引きかけたところで、樹は逃がすまいと抽挿《ちゅうそう》を始める。浅いところを行き来したと思ったら深いところを抉られ、結局音緒は再びすぐに極まってしまった。

「――っ」

声もなく達した音緒の最奥に、樹の熱い飛沫が迸《ほとばし》る。くっと小さく呻いた樹はしばらく音緒の胸に頬を寄せて呼吸を整えていたが、一息つくと機嫌を窺《うかが》うように鎖骨をぺろぺろと舐めてきた。下で咥《くわ》えたままの樹のそれがみるみる回復していくのを感じる。すぐにでも二回戦に突入したいのだろう。

「音緒」

知的で瑕疵のない顔が縋るような眼差しを向けてくるのが愛おしくて、音緒は頬を緩めて腕を伸ばし、樹に抱きついた。

「樹、もっと」

自ら猛獣を煽るようなことを言ってしまった自覚はあったが後悔はない。それから幾度もの絶頂を迎え、音緒は何度か意識を飛ばしかけながら腹がいっぱいになるほど樹の白濁を体内に飲み込んだ。

「ん……っ」

不意に樹の剛直が腹から引き抜かれ、音緒はうつ伏せにされた。もう膝も立たないので、ぺったりと寝かされたまま背後から挿入される。樹が腰を動かすたびに性器がシーツに擦れて、精液も何もかも出し尽くしたというのに絶頂から下りてこられない。

「樹、好き……俺、すげー幸せ」

顔の横で絡めてくれた指が嬉しくて頬擦りすると、樹の動きがぴたりと止まった。快楽でぼんやりした頭でどうしたのかと首を傾げる音緒の背中に覆い被さるようにして、樹は音緒の耳元に唇を寄せた。

「俺も音緒が大好きだ。俺も、すげー幸せ、だ」

ふはっと笑ったのは、二人同時だった。樹が「すげー」なんて、全然似合わない。さては相当浮かれているな。お互いさまだけど。

繋がったままくすくすと笑い合い、部屋中に幸せが満ちたとき、項に樹の吐息がかかった。

「あ――っ」

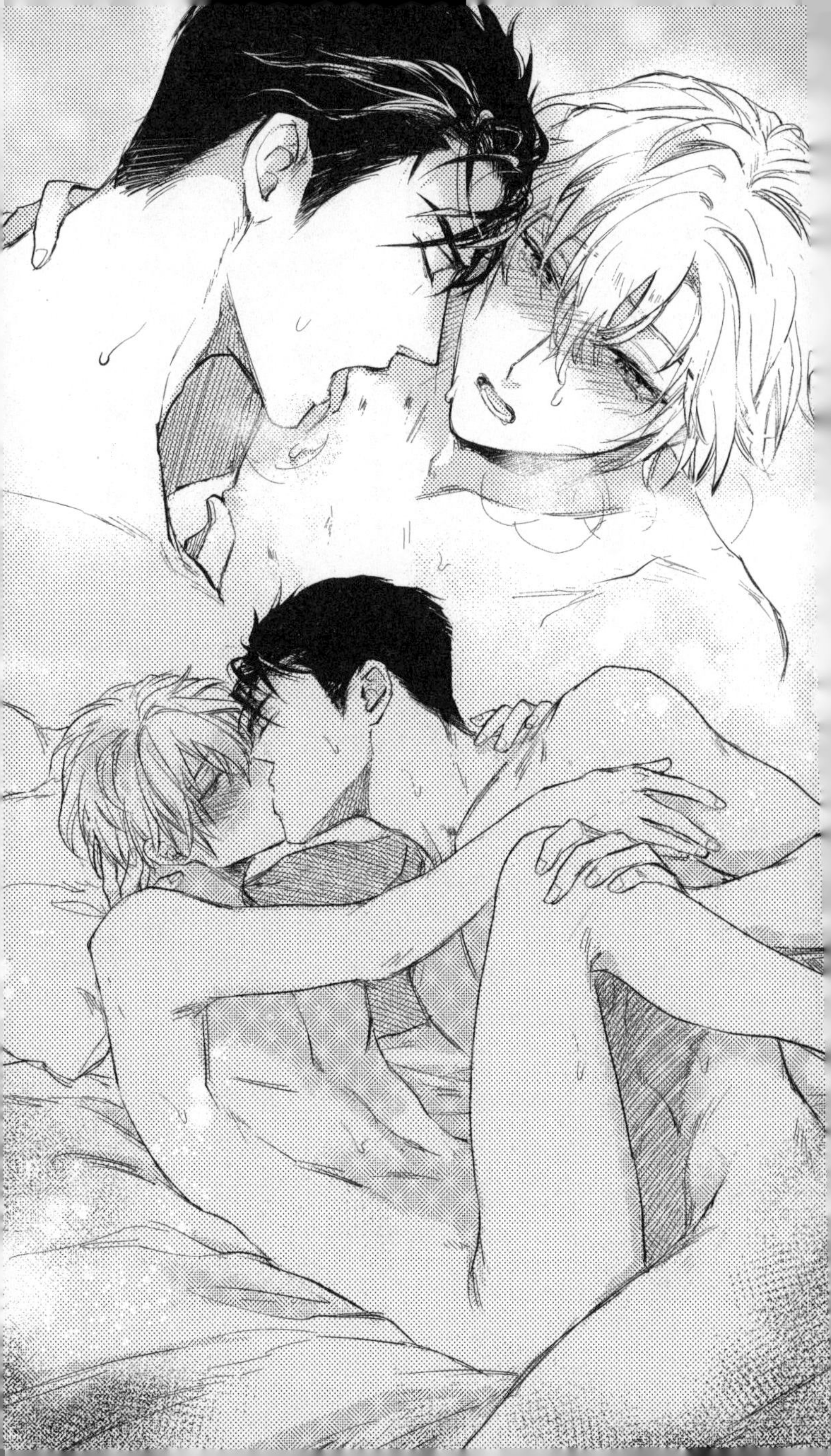

くる。そう思った瞬間に樹の歯が皮膚を貫き、一生離すまいとばかりに項にめり込んでいく。身も心も、征服されている。魂の番ではない、運命以上のもので繋がった、俺だけの番に。

「い、つき……っ」

びりびりと電流の流れるような痛みと快楽の幸福の狭間で、音緒は樹の手をぎゅっと握って全身を震わせた。痙攣する後孔に締めつけられた樹の律動が激しくなる。やがて腹に今までで一番熱いものが注ぎ込まれ、背中に樹が倒れ込んできた。

「樹、誕生日おめでと」

ベッドサイドの時計が零時を回っていることに気付いて掠れた声で伝えると、樹は音緒の髪に鼻先を埋めて擦り寄ってきた。

そのまま耳元で何度も「好きだ」と囁かれ、音緒は愛の言葉を子守唄に眠りへと誘われていった。

その後の段取りは樹のデスクから出てきた婚姻届と、下調べ済みの結婚式・ハネムーンのパンフレットのおかげでとんとん拍子に進んだ。

結婚式は二人きりで海外でという樹の提案に賛成した。いちゃいちゃしながら候補地を検討し、樹の仕事が落ち着くタイミングで休みを取った二人は、タヒチの海をバックに愛を誓った。

ちなみに出発前、樹に迷惑をかけないようにと思って観光に使えるフランス語フレーズ集を買ってみたが「たどたどしい発音が可愛すぎるから喋ると危ない」と意味不明なことを言われ、結局現地ではほとんど樹が対応してくれた。

音緒としては、英語やフランス語で流暢《りゅうちょう》に話す樹の方が知的な色気があってよくないのでは……と思ったが、それを言い出したら完全なバカップルになってしまう気がしたので自重した。

そして常夏の楽園を満喫して帰国した現在、知人を招いてカジュアルな結婚報告パーティの席で、式のときと同じ白いタキシードを着用した音緒は頭を抱えていた。

「――で、これは式の直前にタキシードのまましゃがんで海の中を見ようとしている音緒です。シュノーケリングができると知って待ちきれないところが最高に可愛い」

スクリーンに大写しになったタヒチでの写真を、樹が一枚ずつ招待客――久利を始めとした研究センターの面々に向けて説明している。

二人の素敵な思い出を皆に語ってくれるのはいいが、毎回「音緒が最高に可愛い」で締めくくられるのが非常に恥ずかしい。しかも誕生会のときと違って気を張っていないから、樹はそれはもうのびのびと音緒への愛を語っている。

スクリーンが切り替わるたびに、そこら中からタヒチの絶景に感嘆する声と、樹の惚気に対する「よかったですねぇ」という微笑ましい視線を交互に送られるのも居たたまれない。

嬉しさと恥ずかしさの混ざった感情のまま ちらりとスクリーンを見ると、ちょうど白いタキシードを身にまとった二人が指輪を交換している一枚が映し出されていた。

――この写真のちょっと緊張してる樹の横顔、かっこいい……。

脳内で樹とどっこいどっこいの惚気を展開しながら盗み見た隣の席では、やはり同じタキシードを着た樹が幸せそうにスクリーンを眺めて頬を緩めている。襟元に光るアメシストも、今日はひと際まろやかな輝きだ。

ふと音緒の視線に気付いたのか、樹がさらに蕩けそうなくらい甘い表情でこちらを見つめてきたものだから、音緒は顔を赤らめて俯くしかなかった。

「わぁ、ヘリにも乗ったんですか？」

空からツパイ島を撮った写真が出ると、あちこちから小さく歓声が上がった。

「上空から見るとハート型の島があって、そこにも行きました」

ヘリコプターから眺める景色は飛行機とはまた違った臨場感があって感動したし、島の散策も楽しかった。

シュノーケリングでは綺麗な海の中で暮らす魚たちを覗き見し、朝食前にはカヌーにも乗せてもらえた。最終日には海で自由に泳ぐイルカも見ることができ、思い出すだけで胸がいっぱいになる。

「そして次の写真が、初めてのヘリコプターに興奮する音緒です。最高に可愛い」

「もう俺の話はいいってば！」

ついに耐えきれずにツッコむと、周りから「幸せそうで何よりです」という笑みを向けられた。

食事が一段落した後は、立食型のカクテルパーティとなった。各々がホール内を好きに歩き回り、歓談したり写真を撮ったりと楽しく過ごしている。

音緒は少し離れた場所に久利を発見した。彼には樹と番になったことを一番に報告したが、まるで自分のことのように喜んでくれた。樹の誕生会のときも家族枠としてサポートに来てくれて感動したが、きっとこれから先も彼は音緒にとって唯一無二の存在だ。

「なぁ樹、久利さんのところに行こ――あ」

樹の手を引いた音緒は、久利の隣にいる人物に気付いて一瞬足を止めた。

今回の結婚報告パーティの招待状を送るとき、樹の家族は誰も来てくれないと思っていたが、そういえば一人だけ返信をくれた人がいた。

「楓兄さん、本当に来てくれたんだな」

ふっと目を細める樹の視線の先で、楓は何やらムキになって久利と話している。久利は相変わらず飄々とした態度で楓を煽り、そのたびに見事に煽られる楓を見ておかしそうに笑っている。

「なんか最近、久利さん元気になったよな」

音緒が樹と付き合い始めた頃、たまにどこか沈んでいるように見えた久利も、樹の誕生会以降はそういった愁いの色がすっかり消えた気がする。

「俺たちのことで心配をかけていた部分もあるかもしれないが――楓兄さんと仕事をするようになったのもあるだろうな」

「あぁ、何度か研究センターに来てるの見たことあるぜ」

つい最近も休憩エリアのコーヒーを飲んで「これだから安物は！　泥水を薄めたような味だ」と文句を垂れた楓が、久利に「僕は楓さんと違って泥水飲んだことないから分からないなぁ」と返されてジタバタしているのを見かけた。

「以前、量産できないのがネックになっている副作用検査薬の話をしただろう。その検査薬の製造マシンを楓兄さんの会社と提携して作っているんだ。俺があの誕生会より前に一度依頼したときは、楓兄さん全然聞く耳を持ってくれなかったのに――さすが室長だ」

誕生会の席で研究室を見に行く約束をした楓は、後日本当に久利の研究室を訪れた。しかもその際に久利の口車に乗せられて研究センター内を連れ回され、途中で帰ろうとすれば「こんな一気に処理できないですよね」と煽られ、楓は意地になってほぼすべての研究室のプレゼンを受けて大量の資料を会社に持ち帰ったらしい。もはや久利の手の平でころんころんと転がり放題である。

とはいえ経営面では優秀な楓は案件内容を冷静に吟味《ぎんみ》し、協力してもよさそうな案件をいくつかピックアップして手を貸すことにしたという。

結果、久利の研究室で抱えていた問題は解決に向かい、久利個人も超大手の提携先を見つけてきたことで今まで以上に職場での評価が上がった。さらにプライベートでも揶揄い甲斐のある相手ができて、充実した日々を送っているようだ。

「久利さん！」

楓が落ち着いたところで声をかけると、久利は音緒を見て眩《まぶ》しそうに目を細めた。

「音緒くん、結婚おめでとう。今日も最高に可愛いね――そして、いっちゃんの隣で笑う君は世界で一番綺麗だ」

久利は満面の笑みで腕を広げ、骨が軋《きし》むくらい強く音緒を抱きしめた。

「幸せになってね」

『お願いだから、幸せになってよ』――いつだったか、泣き疲れて眠りに落ちる直前に聞こえてきた誰かの懇願とは違う、心の底から祝福してくれる優しい声に、音緒はなぜか涙がこみ上げてきそうになった。

「ん、ありがと。俺は幸せ者だな」

久利がいなければ耐えられなかった痛みが、癒えなかった傷が、たくさんあった。樹に対する愛とは違う、けれど同じくらい大きな愛を込めて、久利の背中を抱き返す。

しばらく抱き合ってから、久利は樹にも抱きついて、勢い余って押し倒していた。周囲がどっと笑う中、なんとなく楓に苦笑を向けると、不機嫌そうに顔を逸らされてしまった。

「樹、華代叔母さんから伝言だ」

樹ごと倒れ込んだ久利の首根っこを摑んで回収した楓は、音緒の手を借りて立ち上がった樹にぶっきらぼうに話しかける。

「『年に一度くらいは顔を見せるように。それとうちの使用人が音緒さんに教えたいレシピがあると言っている』だそうだ」

それだけ言うと「俺は忙しいから帰る」と踵《きびす》を返して、楓は会場を出て行った。

少しの間きょとんとしていた音緒と樹は、顔を見合わせてふっと笑った。だいぶ素直ではないけれど、たまには夫婦揃って実家に来いと遠回しに言ってくれているのだろう。

華代との戦いも、これで無事に終結した。あとはこれから長い年月をかけて、互いに無理のない範囲で歩み寄れたらいいな、と音緒はひそかに思った。

「皆、すげぇ祝ってくれたな」

「あぁ。音緒のところの事務長、泣いてたな」

「主任も泣いてた。事務室のメンバー、ちょっと涙もろいんだよ」

研究センターでアルバイトを始めたとき、事務の仕事なんて未経験だった音緒はたくさん失敗したけれど、先輩たちは根気よく教えてくれた。音緒はそんな今の職場に感謝しているし、事務室のメンバーも音緒のことをとても可愛がってくれる。今日も皆壊れたレコードのごとく「よかったねぇ」と涙ながらに繰り返し祝福してくれた。

パーティが終わり、会場を出た音緒は一度だけ振り返った。楽しかったひとときに、胸が満たされている。

クリスマスや正月と違って、結婚式や結婚報告パーティは本当に一生に一度だけど、終わってしまっても寂しいとは感じなかった。

樹と一緒なら、これからもっと素敵なことが待っているし、それを楽しみだと思えるようになったから。七色の輝きを内包する、ありふれた幸せな日常を手に入れたから。

「なぁ、樹。次の休みはお家デートにして、お菓子買ってリビングで映画観ようぜ。で、その次は遊園地行きたい」

帰り道、二人きりで歩きながらそう伝えると樹は嬉しそうに笑ってくれたので、音緒は帰宅してすぐにリビングの壁掛けカレンダーに駆け寄った。

以前は約束を書き込むのを躊躇していたカレンダーの前に立つ。音緒自ら「お家デート」「遊園地」と書き終えたところで、その日付を樹が大きなハートマークで囲んだ。

――これから先、どんな予定を書き込もうかな。

期待するのももう怖くない。樹と過ごす未来を考えるだけで、わくわくする。

「音緒」

カレンダーを眺めていると、不意に後ろから抱き竦められた。噛み痕のついた項に口づけられ、部屋の空気が艶っぽいものへと変わっていく。

「こら、樹。まずは一緒に風呂、な?」

窘《たしな》めるようにぺしっと後ろ手に頭を軽く叩いてやると、樹はいそいそと風呂の準備をしに行った。普段は理知的な堅物のくせに、こういうとき背中からそわそわオーラが出てしまう単純さがちょっと可愛い。

「お家デート、なんの映画観ようかな」

次の約束が書かれた日付を指でなぞる。待ち遠しくてつい顔がにやけてしまう。

やがて浴室から音緒を呼ぶ声が聞こえた。音緒はカレンダーの前を離れて、愛しい人のもとへと向かう。
来年のカレンダーに、新しい命の誕生の予定が書き込まれるのは、もう少し先のお話。

「7 colors」（書き下ろし）

あとがき

こんにちは。幸崎ぱれすと申します。

このたびは「アンブレラ～堅物アルファと強がりオメガ～」をお手に取っていただき、誠にありがとうございます。自分の作品が一冊の本になったのは人生初なので感謝感激です。最初で最後の一冊だったね……とならないように精進します。

本編の方はビーボーイ小説新人大賞への投稿作なのですが、実は最初、音緒・樹・久利の三視点で書いてました。が、締切の数日前に「いや、投稿で三視点はギャンブルすぎるわ」と突然我に返り久利視点を削除。大急ぎで書き直して投函し、無事に受賞と書籍化に至りました。つくづく「アンブレラ」は久利の犠牲のもとに成り立っているんだなと思うと切ないですね。「お願いだから、幸せになってよ」はこっちの台詞だよ……。彼の未来に幸多からんことを。

雑誌掲載時から素敵なイラストを描いてくださった古藤先生、音緒たちを悶絶級に可愛く&かっこよく仕上げてくださりありがとうございました！

空回ってあらぬ方向に走り出す私の手綱をしっかり握ってくれた担当さま、大変お世話になりました。おかげさまで無事に完成させることができました。大感謝です！

そして最後まで読んでくださった皆さまに心よりお礼を申し上げます。今できる精一杯の力で書いたお話を、少しでも気に入っていただけたら幸いです。本当にありがとうございました！

ビーボーイノベルズをお買い上げいただきありがとうございます。
この本を読んでのご意見・ご感想をお待ちしております。

〒162-0825 東京都新宿区神楽坂6-46
ローベル神楽坂ビル4F
株式会社リブレ内 編集部

アンケート受付中
リブレ公式サイト　https://libre-inc.co.jp
TOPページの「アンケート」からお入りください。

BBN
B●BOY NOVELS

アンブレラ 〜堅物アルファと強がりオメガ〜

2022年3月20日　第1刷発行

著　者——幸崎ぱれす

発行者——太田歳子

発行所——株式会社リブレ

〒162-0825
東京都新宿区神楽坂6-46ローベル神楽坂ビル
営業　電話03(3235)7405　FAX 03(3235)0342
編集　電話03(3235)0317

印刷所——株式会社光邦

Printed in Japan
ISBN978-4-7997-5651-5